KB135608

초록빛 찾기

— 오병훈 수필선

현대수필가100인선 II · 8

수필과비평사 · 좋은수필사

초록빛 찾기

— 오병훈 수필선

책머리에

수필은 누구나 부담 없이 읽고, 마음만 먹으면 직접 쓸 수도 있는 가장 친근한 문학이다. 다른 영역의 문학이 영상매체에 밀려 신음하고 있는 중에도 수필 인구만은 날로 증가하여 바야흐로 수필 전성시대를 구가하고 있는 이유도 거기에 있을 것이다.

시대적 추세에 힘입어 수많은 수필전문지, 수필동인지가 창간되고, 이에 비례하여 신진 수필가도 날로 늘어나다 보니 이제는 그 많은 작가, 그 많은 작품 중에서 문학성 높은 작품을 가려 읽는 일이 쉽지 않게 되었다. 이런 현상은 작가에게나 독자에게나 결코 바람직한 일이 아니다. 더 나아가서는 수필을 연구하는 후세들에게도 큰 부담이 될 것이다.

이런 문제를 해결하는 데는 출판인도 마땅히 한몫을 감당해야 한다는 평소의 소신에 따라, 본사가 기꺼이 그 역할을 맡기로 했다. 그 첫 번째 사업으로 시대를 대표할 만한 수필가 100인을 선정하고, 작가가 자선한 40편 내외의 작품을 수록한 문고본을 발간하여 이를 널리 보급함으로써 그 소임을 다하고자 한다.

본사는 사명감을 가지고 이 사업을 추진해 나가기로 했다. 작가 선정을 전담할 편집위원회를 구성하고 전권을 위임하여 일체의 사적인 정실이나 청탁을 배제함으로써 전문성과 공정성을 확보해 나갈 것이다.

따라서 이 기획물 속에는 작가의 문학정신뿐만 아니라, 본사의 문학사적 기여 의지와 편집위원 제위의 수필문학에 대한 애정과 문인으로서의 양심이 함께 담겨 있음을 자부한다. 다만, 작가를 선정하는 기준에는 많은 견해의 차이가 있을 수 있고, 선정 과정에서도 미처 챙기지 못한 부분이 있을 것이라는 사실만은 인정하지 않을 수 없다. 이 점에 대해서는 관계자 여러분의 양해 있으시기 바란다.

이 시리즈의 발간 순서는 작가, 또는 본사의 사정에 의한 것일 뿐 그밖의 어떤 기준도 적용하지 않았음을 밝힌다.

본 기획물이 시대를 초월한 많은 수필 애호가들의 관심과 애정 속에 우리나라 수필문학 발전에 한 이정표가 되기를 바랄 뿐이다.

본사에서는 이상과 같은 취지로 《현대수필가 100인선》 전 100권을 완간하여 큰 반향을 불러일으킨 바 있다.

그러나 우리 수필문단의 규모나 수필문학의 수준에 비추어 선정 작가를 100인으로 한정하는 것은 형평성이나 효율성 면에서 크게 부족하다는 의견이 많았고, 본사 또한 이를 통감하던 터라 기꺼이 《현대수필가 100인선 Ⅱ》를 발간하기로 했다.

본사의 충정에 찬동하여 출판에 응해주신 저자 여러분께 진심으로 감사한다.

2015년 3월
수필과비평 ·좋은수필 발행인 서정환
현대수필가 100인선 간행 편집위원 박재식 최병호
정진권 강호형
오세윤

1
초록빛 찾기

2
담쟁이와 새삼

3
떠나가는 연

4
모과를 화폭에 담으며

초록빛 찾기

1

지렁이

남들이 꺼려하는 어둡고 습기찬 곳에서 살지. 깜깜한 토굴 속에서 지내는 것도 이제는 익숙해졌어. 여기가 아늑한 내 집이려니 하고 욕심 없이 지낸다네. 내 몸뚱이 하나 의지할 집이 없으니 가구며 장식품이 있을 턱이 없지. 사철 벗고 사는 삶. 말로는 무소유라 하지만 실천하는 이 몇이나 되는가. 몸에 두른 것이라고는 목도리 하나 그것도 그저 흰 칠을 한 것처럼 보이는 제 살빛이지.

뼈대 없는 놈이라고 업신여기지만 그래도 꾹 참고 살아간다네. 그저 허공으로 한숨 한번 내뱉고 목 한번 움츠렸다가 다시 기지개를 켜지. 나를 가리켜 눈도 없고 귀도 없는 놈이라고 쑥덕거리는 것도 알아. 그렇지만 나는 눈치 빠른 사람, 귀 밝은 이도 부럽지 않다네. 세상의 높은 자리에 있는 벼슬아치가 나랏돈 축내는 것 보지 않아도 되고, 어린 딸을 추행했다는 남자 이야기 듣지 않아도 되니 얼마나 다행한 일인가. 옛 사람은 벼슬길에 나오라는 말을 듣고 냇물에 귀를 씻었다는데 나는 귀가 없으니 씻을 필요도 없지 않은가. 제 멋대로 사는 놈이라고 손가락질하면 할 말이 없지만 말이야.

혼자 넋두리를 하다 보니 내 소개를 하지 않았네. 옛날에는 땅에서 사는 용이라 하여 지룡地龍이라 했지. 사람들은 지룡이라는 발음이 어려운지 지렁이라고 해. 어떤 이는 토룡土龍이라고도 하지만 나는 어떻게 불러주던 개의치 않아. 어차피 이름이란 남이 붙여주고 남이 불러주는 것이거든.

토굴 속에 지낼 때는 나름대로 어려운 점도 없지 않았어. 어쩌다 커다란 앞발로 굴삭기처럼 땅을 파헤치는 땅강아지라도 만나면 우리는 죽은 목숨이야. 땅의 진동을 잘 감지하여 바짝 움츠리면 긴 몸은 반도 안 되게 작아지지. 그 몸으로 땅강아지가 지나갈 때까지 숨죽이고 있어야 해. 재수 없는 날은 농부의 쟁기 보습에도 몸뚱이가 두 동강 나기도 하고 갈아엎은 땅에서 꿈틀대다가 까치의 먹이가 되기도 하지. 때로는 빗물을 피해 지상으로 올라가 풀숲에 몸을 숨기고 있으면 멀리 강에서 날아온 백로란 녀석들이 우리 종족을 발견하고 쪼아먹기도 해. 비 온 뒤에 우리를 노리는 새들이 있는가 하면 땃쥐 같은 짐승들도 무서운 적이야. 우리는 언제나 위험 앞에서 긴장하고 숨죽이며 지내야 하는 약자의 슬픈 운명을 타고 태어났어.

원래 힘없는 자들은 다 그런 것 아닌가. 세금이니 뭐니 하면서 수십 가지나 되는 항목으로 빼앗겨도 찍소리 못하고 사는 약자들의 슬픔 말이야.

몸에 좋다는 것 찾아 먹는다고 개구리며 뱀까지 삼키는 인간들도 있지만 우리 종족들은 절대로 남의 것을 탐하지 않아. 땅속을 이리저리 꿈틀대다가 허하면 진흙 한 줌 빨아먹고 흙찌꺼기는 버리면 그만이지. 너무 먹어 살쪘다고 다이어트니 뭐니 하면서 호들갑을 떨 필요도 없어. 조금씩 먹고 사는 우리는 언제나 날씬하고 유연하기가 고무줄이야.

발가벗고 지내지만 하늘 아래 한 점 부끄럼이 없어. 땅속이니 누가 보는 이도 없지 않은가. 어쩌다 비 오는 날 저녁이면 우리들의 외출 날이지. 토굴 속에 빗물이라도 차면 물속에서 지내는 것도 하루 이틀, 이럴 때는 지상으로 올라가 세상 구경을 한다네.

온몸으로 풀숲을 헤치다가 길가에 누워 달빛을 쐬지. 오랜만에 밖으로 나왔으나 세상의 온갖 아름다운 빛깔의 꽃, 지저귀는 새 소리, 향기로운 냄새, 이 모든 것들이 우리에게는 한갓 꿈과 같은 것, 그저 없으면 없는대로 오늘을 검소하게 살고 내일의 희망을 기대하면서 살아가야 한다네.

포장도로에 누워 있다가 예쁜 소녀의 자전거 바퀴에 깔린다고 해도 아까울 것 없는 목숨이지. 무엇이 그토록 생에 집착하도록 할까. 그저 세상에 살면서 나물 한 접시 물 한 잔으로도 마음의 풍요를 느낄 수 있다고 하지 않던가.

어느 여름날 비가 멎고 갑자기 밝아지는가 했더니 하늘에 쌍무지개가 떴어. 지상의 뭇 짐승들이 숨을 가다듬고 바라보지만 우리는 볼 수가 없지. 그러나 느낌이란 것이 있어서 마음으로 간절히 바랐더니 감화를 입었을까. 몸도 꽃빛으로 물들고 피부에 쌍무지개가 떴어. 그리하여 온몸은 고운 무지갯빛으로 물들게 되었으니 얼마나 다행한 일인가.

발가벗은 몸이지만 오색영롱한 무지갯빛 피부를 가졌으니 사람들이 부러워할 만도 해. 내 몸의 점액질로 고급 화장품을 만든다니 잘 난 귀부인의 피부도 이 미끈거리는 점액질 덕택이 아닌가. 그러고도 나를 보면 징그럽다고 내숭을 떠니 알다가도 모를 일이야.

지렁이도 밟으면 꿈틀거린다니. 그러면 밟혀도 가만히 참고 있어야 할까? 당해 봐야 알지. 남의 아픔을 저들이 헤아리기나 할까. 나는 언제나 밟히면서 살아가야 하는 슬픈 운명이지만 어쩌겠는가, 이것이 내게 주어진 한많은 삶인 것을.

슬픔을 안으로 삭이며 오늘도 무지갯빛으로 보디페인팅을 하고 그리운 이를 기다린다네. 누구인지 몰라도 꼭 내 앞에 나타나리라 믿으며.

새벽을 여는 소리

새벽 잠자리에서는 눈보다 귀가 먼저 열린다. 잠에 취했을 때는 들리지 않던 수없이 많은 소리들이 의식의 표면으로 떠오른다.

어떤 소리는 꼭 물소리 같다. 골짜기를 흐르는 작은 물줄기가 내는 소리 같았는데 갑자기 부풀어 오르면서 거대한 폭포 소리로 변하기도 한다. 그런가 하면 간혹 그 소리 속에 '우우' 하는 짐승의 울음소리 같은 것이 섞일 때도 있다. 그러나 나의 의식이 점차 또렷해짐에 따라 그 소리는 개울물 소리도, 폭포 소리도 아니고, 그렇다고 짐승의 울음도 아닌 자동차가 고가도로 위를 질주하며 내는 소리라는 것을 알게 된다.

한적한 절간에 있는 것이 아니라 번잡한 서울 시내에 살고 있다는 사실을 새삼 느끼면서 아쉬운 마음으로 돌아눕는다.

시계를 본다. 시곗바늘이 세 시 이십 분을 가리킨다. 이제 십 분만 있으면 위층에 사는 아기가 깨어서 울 것이다. 그 아이는 매일 세 시 삼십 분을 전후하여 그날의 첫 울음을 시작하니까. 그리고 조금 후에는 우유를 타는 젖병 소리가 희미하게 들릴 것이다.

그리고 얼마 동안 '폭포 소리'만이 계속된다. 다섯 시 오 분 전. 이제는 그 폭포 소리도 멈추고 뻐꾸기시계가 울 차례다. 그러나 뻐꾸기시계가 울기 전에 고함소리가 먼저 들렸다.

"이오팔공!" "이오팔공!"

금방 잠에서 깬 듯한 쉰 목소리가 곤히 잠든 사람들을 깨운다. 골목에 세워 둔 자동차를 치워 달라는 모양이다. 자동차가 가정의 필수품이 되면서 한밤의 정적을 깨는 이런 고함소리도 요즈음 부쩍 잦아졌다. 반상회 때마다 자동차 앞 유리에 전화번호를 적어 두라고 하지만 차주를 찾는 고함소리는 줄어들지 않는다.

새벽에 듣는 소리 가운데 제일 반가운 소리는 신문지 떨어지는 소리이다. 처음에는 바쁜 발자국 소리가 가까이 다가온다. 이어서 '탁' 하는 현관 바닥의 둔탁한 소리가 스르르 미끄러지는 소리로 변한다. 현관문을 열고 신문을 집어 든다. 잉크 향기가 신선하다. 배달하는 학생에게 격려라도 해 주려고 하지만 그 학생은 어느새 희미한 안개 속을 저만치 사라진 후가 되고 만다.

신문을 열면 잠들어 있던 세상의 온갖 사연들이 제각기 다른 목소리로 아우성을 친다. 첫째 면에서 둘째, 셋째 면을 넘기면서 기사를 고를 때쯤이면 이번에는 '딸랑딸랑!' 하는 두부장수 할아버지의 손종소리가 들린다. 굽은 허리를 잘 펴지도 못하는 노인이 무거운 두부지게를 지고 계단을 오르내리는 것을 볼 때면 마음이 편하지 않았었다. 다행히 요즈음은 작은 수레를 장만한 것이다. 그렇게 마음이 흐뭇할 수가 없었다.

장마로 여러 날 할아버지의 손종소리를 듣지 못할 때는 하루의 일정 가운데서 뭔가 빠져 버린 듯한 그런 기분이 들곤 했다. 그러다 어느 새벽 손종소리를 들으면 여간 반갑지가 않다. 이런 때는 늦잠을 자는 아이를 깨우지 않을 수 없다. 아이가 들고 오는 두부 한 모의 맛. 그것은 지친 나의 미각에 활기를 더해 준다. 숙취로 머리가 무거울 때면 더욱 그렇다.

팔월에는 새벽 다섯 시 십오 분쯤이면 첫 매미의 울음소리를 들을 수 있다. 처음에는 한 마리로 시작하지만 '맴, 맴, 맴, 매—애' 자지러질 듯 울어 젖히는 매미들의 합창소리는 곤히 잠든 사람들의 새벽잠을 깨운다. 동네 사람들이 플라스틱 물통을 하나씩 들고 약수터를 향해 현관문을 나서는 것도 이때쯤이다. 미화원의 쓰레기 치우는 소리가 바스락거리고 멀리서 외치는 야호 소리가 싱그럽다. 부지런한 사람들은 언제나 하루를 힘차게 시작한다.

성 밑 아까시나무 숲에서 울던 매미가 옆집 오동나무로 날아와 울기 시작하면 참새도 잠을 깬다. 다섯 시 삼십 분쯤이다.

나의 방문 앞에는 중학교의 낡은 시멘트벽이 가로막고 서 있다. 얼마 전에 새로운 사실 하나를 발견했다. 그 시멘트벽에, 지금은 쓸모가 없어진 양철 홈통이 가로로 걸려 있는 것이 보였다. 그런데 그 구멍 속에 참새 한 쌍이 보금자리를 튼 것이다.

요즈음은 참새들도 집을 지을 공간이 모자라는가 보다. 사람들이 연립 주택이며 아파트 속에 살게 되면서부터 참새의 조그만 몸뚱이조차 받아들일 공간이 없어지고 만 것이다. 오죽해야 낡은 홈통에 보금자리를 틀었을까 생각하니 측은한 마음이 앞섰다. 그런데 그것마저 귀했던지 먼저 깃든 참새와 나중에 들어오려던 참새와 싸움이 벌어졌다. 먼저 입주한 참새 가족의 수컷은 아내와 보금자리를 지키기 위해 필사적으로 소리쳤다. 결국 보금자리를 지키는 데 성공한 참새는 안도하는 마음으로 깃털을 다듬고 있었다.

　어느새 날이 밝았는지 고가도로 위를 지나는 그 폭포 소리와도 같고 짐승 소리와도 같은 소음도 사라졌다. 사라진 것이 아니라 주위의 수많은 소리 때문에 묻혀 버려서 들리지 않게 된 것이다.

　참새가 먹이를 찾아 날아가는 지붕 위에도 햇살이 환하게 비치고 있었다. 이제 나도 새벽을 여는 수많은 소리 속에 내 생활의 음향을 섞으며 하루를 시작해야 할까 보다.

초록빛 찾기

1. 계곡에 걸린 소리의 사슬

고향은 큰누님 같아서 언제 찾아도 포근하고 편안하다. 지난 달, 빈 땅을 빌려 씨를 뿌리기 전까지 스무 해 가까이나 떠나 있었던 땅이다. 변방의 소시민으로 살아오느라 금의환향을 꿈꿀 새도 없었지만, 세 식구 발 붙여 살아온 도시에 등 돌릴 생각을 한 적은 없었다. 근래 들어, 변심한 애인처럼 자꾸만 등을 떠미는 도시의 비정함에 배신감 같은 걸 느끼면서도 무슨 미련 때문인지 쉬 귀향을 결심하지 못하고 있다. 내 착잡함을 다 알고 있다는 듯, 어제도 고향은 아무런 내색 없이 흔연하게 나를 맞아 주었다.

이른 아침, 단잠 속으로 아스라이 스며든 빗소리에 잠이 깼었다. 안개가 산허리를 감돌아 흐른다. 고마리 사이를 달리는 개울물 소리가 소음으로 흐려진 내 귀를 씻어준다. 멀리서 들려오는 멧비둘기 울음소리. 구구—구구 하는 메아리가 안개 속을 비집고 나와 저쪽 골짜기에서 이곳까지 소리의 사슬을 엮어 놓고 사라진다. 이슬 마른 풀잎 끝에 작은 갑충류가 아침 햇살에 몸을 말리고 있다.

잡초를 없애려고 갈아놓은 이랑 사이로 까치가 날아든다. 이 녀석들은 파헤친 밭이랑을 깡충거리며 벌레를 찾아 먹는다. 농부들은 까치를 좋아하지 않는다. 다 지은 배나무 과수원이며 사과, 복숭아 같은 과일을 커다란 부리로 쑤셔 놓고 간다. 제가 먹던 것은 절대로 다시 먹는 법이 없고 맛있게 보이는 좋은 과일만 골라서 쪼아 놓는다. 우리 농장에도 여러 가지 나무 씨앗을 뿌려 놓았는데 까치와 비둘기가 내려와 쪼아 먹는 통에 여간 골치 아픈 일이 아니다. 세상에 쉬운 일은 하나도 없는 모양이다.

오랜 가뭄을 견디고 싹을 틔운 씨앗들이 대견하기 그지없다. 같은 날 파종을 하였는데도 벌써 싹이 터 한 뼘이나 자란 것도 있고 아직 싹이 트지 않은 종자도 있다. 싹이 보이지 않는 곳을 손끝으로 살살 파헤쳐 본다. 조급한 마음을 꾸짖기라도 하듯 노란 싹이 콩나물 대가리처럼 부풀어 있다. 씨앗은 약속을 어기는 법이 없다. 낭랑한 목소리로 답하는 아이처럼, 때가 되면 뾰족이 새싹을 내밀어 가벼운 흥분과 기쁨을 선사한다. 세상을 향한 저들의 외침을 농부는 그저 마음으로 듣는다.

이번에는 뻐꾸기 소리. 먼 산 어디에서 들려오는 철늦은 뻐꾹새의 노래가 피곤에 지친 귓바퀴 안에서 청량한 소용돌이를 일으킨다. 이제 나를 에워싸고 있는 자연이 농부의 마음을 가져보라고 한다.

2. 염낭거미의 새끼 사랑

이슬이 바짓가랑이를 적시는 것이 싫어 논둑길을 걷다 말고 정강이에 둘둘 말아 올린다. 그래도 여기서는 흉보는 이가 없다. 자연 속에서는 매사가 편하고 자유스러우니 어느새 조금씩 고향물이 들고 있는 걸까.

풋감이 대추알만큼 부풀어 오른 지금은 벼가 한창 발돋움을 하는 때이다. 한낮으로 얕은 논물에 손을 담그면 목욕물처럼 제법 뜨겁게 느껴진다. 이런 물에서도 우렁이는 벼 포기 그늘을 찾고 잠자리 애벌레는 투명한 껍질을 벗어 벼 잎에 걸어 두고 떠났다. 푸른 벼 잎사귀 사이에 거미줄로 꿴 크리스틸 구슬이 영롱하게 걸려 있다. 갖고 싶어 손을 대면 향기처럼 사라지고 말 투명한 요술 구슬 - 사라지는 것들은 왜 모두 다 아름다운지.

벼 잎이 세모꼴로 말려 있는 것은 염낭거미의 집이다. 앙증맞게 작긴 해도 그 모양새가 댓잎에 싼 중국의 찰밥 쭝즈燕子를 닮았다. 염낭거미를 보면 애틋한 연민이 느껴진다. 암컷은 벼 잎을 말아 그 속에 알을 낳고 영어囹圄의 몸으로 스스로 입구를 막아 곧 깨어날 새끼들을 적으로부터 지켜낸다. 작은 방에서 깨어난 무수히 많은 새끼들은 어미의 속살을 빨아먹으며 자라고, 저 혼자 먹이를 찾을 만큼 장성했을 때 어미의 하얀 유골을 뒤로하고 비로소 집을 나선다.

논둑길을 지나면 고추밭이다. 가장자리에서 키를 넘게 자란 강냉이 줄기가 서로 손을 맞잡고 울타리를 만들었다. 깡마른 줄기마다 살찐 강냉이를 안고 혹은 뒤에 업은 채 비를 기다린다. 수염이 갈색으로 물들고 조금 말라 있어야 잘 익은 강냉이지만 익숙한 사람은 껍질만 보고도 척척 골라낸다. 완전히 익은 것보다 조금 미숙한 강냉이가 더 단맛이 난다는 것쯤은 나도 이제 안다. 소쿠리 가득 첫 강냉이를 거두어 어머니 산소가 있는 곳을 돌아 천천히 비탈길을 내려온다.

어머니가 잠든 산소 아래쪽 묵밭에 개망초꽃들이 하늘을 향해 하얗게 웃는다. 어릴 때는 배고픈 마음에 꽃을 보고도 먹을 것을 생각했던지 작고 하얀 꽃잎 가운데 노란 꽃술을 한 이 꽃을 계란꽃이라고 불렀다. 그런데 지금 보니 어머니의 얼굴이다. 날이 새기 바쁘게 밭에 나가 김을 매고 해 지면 돌아오는 어머니의 흰 무명적삼 같은 꽃. 하얀 꽃섶을 헤치고 금방이라도 어머니가 걸어나오실 것 같다. 척박한 비탈을 그저 수더분하게 수놓으며 계란꽃들은 그렇게 뜨거운 여름을 온몸으로 쓸어내리고 서 있다.

자식들을 위해 몸이 부서져라 일하시다 거친 삶을 사위고 저 세상으로 가신 어머니. 염낭거미가 제 몸을 먹여 새끼들을 키우듯 어머니는 우리를 위해 그렇게 살다 가셨다. 그토록 바라던 꿈, 아들이 잘 되는 것을 보지 못한 채. 살점을 먹여 새끼를 키운 어미의 마음을 지난날 철딱서니가 어찌 헤아렸으랴. 무덤의 잡초를

손으로 뜨고 있는 철든 거미 새끼의 코끝으로 더운 바람이 스쳐
간다.

3. 상수리나무 성황당

노음산 너머로 해가 기울고 있다. 집으로 돌아갈 시간. 그러나
금방 어두워지는 것이 아니어서 호미며 괭이 같은 연장을 거두어
들이기에는 아직 여유가 있다. 감나무 가지에 걸어둔 옷을 내리
고 신발의 흙을 털어 낸다. 땀을 씻기 위해 개울가로 내려오니 맑
은 냇물이 자갈을 굴리며 도란도란 속삭임을 풀어놓는다. 가지
끝에 갓 피어난 속살 빛 버들잎이 물결을 어루만지다 가끔씩 허
공에 튕기는 물방울. 그때마다 놀란 송사리 떼가 진저리를 친다.
반짝이는 것이 있어 손가락으로 헤쳐 본다. 운모 부스러기겠지.

이 개울에서 사금을 발견하기는 아버지가 처음이었다. 밭에서
거름을 주고 개울물에 거름 바가지를 씻는데 밑동에 노란 금이
달라붙더라는 것이다. 마을 사람들이 다투어 개울 바닥의 흙을
파 사금을 일었음은 물론이다. 사금으로 돈을 벌었다는 소문이
퍼지면서 멀리 전라도에서 사금을 채취하는 사람들이 마을에 들
어왔다. 그들은 개울 옆에 사는 기용이네 담장까지 허물고 마당
의 흙을 파 사금을 일었다. 언덕이며 남의 밭둑까지 파헤쳤으나
채굴권을 가진 그들과 싸울 수는 없었다. 지금도 사금을 팠던 언
덕이 허물어진 성터 마냥 남아 있다. 아버지가 사금 채굴권을 신
청했다면 어떻게 되었을까.

황소처럼 웅크린 산자락 뒤로 하늘이 온통 황토 빛으로 타고 있다. 서둘러 돌아가는 길에도 땅거미가 깃들기 시작한다. 성황당의 늙은 상수리나무 위로 검은 멧새가 몇 마리 날아간다. 성황당 옆을 지날 때의 으스스한 느낌은 예나 지금이나 마찬가지. 돌무더기에 빛바랜 새끼줄이 늘어져 있고 누군가 묶어둔 한지 다발이 아직도 매달려 흔들린다. 어릴 때 마을 어른들에게 들은 이야기로는 상수리나무 가지에 처녀가 목을 매, 비 오는 날이면 가끔 처녀귀신이 나온다는 것이었다. 그래서인지 해마다 정월 보름이면 이 나무에 갖가지 색깔의 헝겊을 매달고 치성을 드린다. 낯선 무당들이 찾아와 통돼지를 잡아놓고 며칠씩 굿판을 벌이기도 한다. 그들이 돌아갈 때면 고기며 떡시루를 마을에 주고 가기 때문에 주민들도 싫지만은 않은 듯하다.

내가 살았던 마을은 여기서도 십리를 더 들어가야 하는 갈미기. 아름드리 소나무 숲이 마을을 가린 형국이라 간목동(杆木洞)이라 한 것을 사람들은 갈미기라고 했다. 읍내 장까지는 시오리 길. 아버지 손을 잡고 장에 갈 때는 늘 상수리나무 성황당에서 쉬어야 했다. 아버지는 장에 내다 팔 곡식이며 마늘 같은 농산물을 지게에 한 짐 가득 지고, 나는 고추며 참깨 같은 가벼운 등짐을 지고 따라 나섰다. 농산물을 판 돈으로 내 발에 맞는 검정 고무신을 샀다. 그런 날은 하늘도 그다지 높아 보이지 않았다.

국밥집에서 마신 막걸리에 조금 취했는지, 아니면 오랜만에 만난 벗들의 우정 때문인지 돌아올 때면 아버지는 노래를 흥얼거리셨다. 곧장 갔으면 좋으련만 상수리나무 성황당까지 왔을 때 아버지가 또 쉬어가자고 하셨다. 날은 이미 어두워 오는데 나무 아래 있으니 하늘로 펼친 시커먼 가지와 줄기에 나부끼는 울긋불긋한 헝겊들이 얼마나 무서웠던지. 이내 돌무더기에 기대 졸고 있는 아버지를 깨워 집으로 돌아오는데 어디선가 소쩍새가 슬프게 울었다. 밤도 꽤 깊었던가 보다.

아버지는 가난했지만 성격이 유하셨고 공부를 많이 한 분이어서 마을 사람들이 좋아했다. 인근의 여러 마을에서 찾아온 젊은 이들이 아버지에게 한문을 배웠다. 농한기면 우리 집 사랑은 늘 손님들이 끊이질 않았다. 아버지는 내게 어떤 것을 강요하는 일이 없으셨다. 하고 싶은 일을 스스로 하라며 벌보다는 칭찬을 먼저 했던 분이셨다. 가난한 시골살림에 미술공부를 시킨다는 것이 얼마나 어려운 일인가. 그런데도 아버지는 최선을 다하라며 늘 격려를 아끼지 않으셨다.

그때의 상수리나무와 사금을 캔 개울물도 예대로 흐르는데 아버지는 가끔씩, 아주 가끔씩 꿈속에서만 나를 찾으신다. 간밤에도 아버지와 나는 한 주먹 사금을 캤다. 해 지기 전 시내에 나가 복권이라도 사 둘 걸 그랬나.

두꺼비

가끔씩 농장이라고 찾아가 주말을 지내다 온다. 여름의 시골 생활은 싫든 좋든 갖가지 벌레들과 함께 지낼 수밖에 없다. 늦은 저녁을 먹고 처마에 걸린 외등을 켜면 날벌레들이 날아든다. 가끔씩 사슴벌레며 투구풍뎅이까지 찾아들 때도 있지만 날도래, 하루살이, 뱀모기 같은 것들이 형광등 불빛에 휘모리장단을 춘다. 두꺼비와 청개구리는 이런 벌레를 찾아 뜨락을 기어오른다. 몸집이 날렵한 청개구리란 놈은 마루 기둥에도 기어오른다. 녀석이 이튿날 아침까지 늦잠을 잤는가. 가끔씩 벽에 걸어놓은 모자 속에서 튀어나올 때도 있다. 두꺼비는 개구리처럼 뛰는 법이 없다. 절대로 서두르지 않는다. 뱀 같은 천적을 만나도 물러서기는커녕 앞발을 세우고 몸을 부풀리는 동시에 입을 크게 벌려 적과 맞선다. 갑자기 몸집이 커지는 무언의 힘에 지레 겁을 먹은 적이 슬그머니 꼬리를 감추기도 한다.

어슬렁어슬렁 팔자걸음이니 군자가 따로 없다. 바로 선비의 의젓한 모습이 아닌가. 선비의 덕행을 따르려는 듯 그저 불룩한 배를 끌며 신중하게 걷는다. 두꺼비가 느린 것처럼 보이지만 사실은 그렇지 않다. 몇 발짝 걷다가 제자리에서 주위를 살피고 어쩌다 작은 날벌레를 발견하면 먹잇감이 포획범위 내에 들 때까지 기다릴 줄 안다. 몇 십 분이고 그 자리에서 꼼짝을 하지 않는다. 침착하고 신중하다. 벌레를 낚아채는 민첩성에 있어서는 미물이 아니다.

어쩌다 물을 마시러 온 나비라도 내려앉으면 긴 혀를 낼름 내밀어 먹이를 낚아채 입으로 들이킨다. 전둥석화 같다. '두꺼비 파리 잡아먹듯 한다'고 하지 않던가? 비 온 뒤 지렁이라도 마당에서 꿈틀대면 그 또한 천천히 아주 천천히 다가가 한 입에 삼킨다. 자신의 몸보다 갑절이나 큰 지렁이도 몇 번의 입놀림으로 삼키고 만다. 그리고 혀로 입 가장자리를 쓱 문지르는 것으로 식사가 끝난다.

그는 늘 말이 없다. 개구리처럼 여럿이 모여 울지도 않는다. 혼자 산책하고 홀로 사색에 잠기는 철학자의 모습이다. 생각이 깊은 자는 지혜롭고 그 지혜가 세상을 바꾼다. 두꺼비는 혼자 생각하며 가끔 큰 눈을 껌벅거릴 뿐이다.

그는 사치를 모른다. 검소한 피부는 그저 딱딱하게 보이고 흉

측스럽게 생겼지만 온순한 동물이다. 언제나 눈에 띌 듯 말 듯한 빛깔만 고집한다. 개구리처럼 몸의 빛깔도 쉽게 바꾸지 않는다. 색채도 단조롭다. 그 또한 군자의 차림새가 아닌가? 등가죽이 울퉁불퉁하여 징그럽고 색깔 또한 깨끗하지 못한 느낌이다. 독성이 있을 것 같아도 손으로 만진다고 피부에 가려움증이 남는 일도 없다. 옛 사람들은 두꺼비의 그 넉넉한 겉모습을 두고 부富를 불러온다고 믿었다. 그래서 두꺼비의 입에 엽전을 물린 조각상을 연못가에 만들어 놓는 것이리라. 전래동화 속의 착한 주인공 콩쥐의 깨어진 물독을 두꺼비가 메우지 않았던가. 옛 하마선인도蝦蟆仙人圖에서도 두꺼비와 놀고 있는 선인이 있는 것으로 보아 혐오의 동물은 아닌 듯하다. 저 고구려의 웅혼이 살아있는 태양 속의 세발까마귀三足鳥를 기억할 것이다. 삼족오가 태양을 상징하는 새라면 두꺼비는 달 속의 살아있는 영물이다. 고구려 사내를 삼족오처럼 용맹스럽다고 생각한다면 그 여인들은 두꺼비처럼 복되고 후덕한 미인들이리라. 옛 사람들은 넉넉하고 모든 것을 품어 안을 것 같은 후덕한 미인을 좋아했다. 보름달처럼 넉넉하고 둥근 얼굴이야말로 부잣집 맏며느릿감으로 여겼다. 그런 여인에게서 자손이 번창하고 가계가 창성한다고 믿었던 때문이다.

태양이 남성을 뜻한다면 달은 여성일진대 두꺼비야말로 우리의 어머니요 생명의 원천이 아닌가. 또 태양이 불이고 달이 물이라면 그 물에 사는 두꺼비가 곧 생명의 원천이다. 용신사상龍神思想보다 두꺼비를 받드는 섬신사상蟾神思想이 우리 핏줄 속을 맥맥이 흐를 것 같다. 물을 다스리는 두꺼비야말로 건강과 행운의 상징이라고 생각한 것은 아닐까. 그래서 연못가에 돌두꺼비를 깎아 세우고 때로는 우물 바닥에 두꺼비상을 가라앉혀 두는지 모른다.

동요 속에서는 사람들에게 무엇인가 도움을 주는 동물이다.

두껍아 두껍아
헌집 줄게 새집 다오

도대체 말이 되는가. 두꺼비에게는 헌집을 주고 대신 새집을 달라고 떼를 쓰고 있다. 그래도 우리의 소원을 들어주는 지극히 착한 두꺼비는 베풀기 좋아하는 숭고한 어머니 같은 동물이다. 바로 헌신적이며 희생을 강요하는 생명의 원천이 여기 있다.

아직도 우리 마당에 찾아오는 두꺼비는 크기부터가 예사롭지 않다. 어른 주먹 정도나 되는 놈이 뒤뚱뒤뚱 걷는 모습을 보면 여유가 있다. 손가락으로 등을 톡톡 건드려도 도망가기는커녕 오히려 제 몸집을 부풀려 넓적한 풍선처럼 허세를 부린다. 요즘에는 비가 오거나 흐린 날이면 낮에도 가끔씩 그가 찾아온다. 두꺼비가 집안으로 들어오면 부자가 된다고 했다. 혹시 아는가. 내게도 행운이 찾아올지. 그때까지 기다려 볼 수밖에.

매미

폭염에 맞서기라도 하듯 매미들의 합창이 도시의 온갖 소음들을 누그러뜨린다. 시멘트 숲에서 매미 소리를 듣는다는 것은 여간 다행한 일이 아니다. 오후의 한적한 시간, 졸음에 겨운 눈을 감고 있으면 매미소리는 아득히 먼 곳으로부터 이명耳鳴이 되어 밀려온다. 가만히 숨을 죽이고 있으면 매미소리도 리듬이 있다는 것을 알게 된다. 그 리듬을 통해 매미들만의 의사를 전달하는 것이리라.

매미는 훌륭한 날개를 갖고 있지만 다른 벌레들처럼 잘 날지 않는다. 적당한 나뭇가지에 앉으면 그 자리에서 오래도록 참을 줄 안다. 매미가 노래를 한다고 말하지만 사실은 온몸으로 절규하듯 가슴에 묻어둔 한을 토한다. 사람들이야 평생 가슴에 응어리를 묻어두고 그 때문에 깊은 병을 키우는 것에 비하면 매미는 스스로 가슴에 구멍을 뚫어 슬픔을 날려 보낸다.

매미는 나는 벌레이지만 몸이 가볍지 못하다. 땅을 기는 딱정벌레나 나무줄기에서 밤이 오기를 기다리는 하늘소처럼 느리다. 몸집에 어울리지 않게 날개는 얇디얇아서 살점이 다 드러난다. 엽록소를 뺀 가랑잎에 비눗물을 씌운 것처럼 손가락이 닿으면 금방 녹아 없어질 것만 같다. 눈을 뜨면 사라지고 마는 꿈처럼. 날개는 나는 데 쓰기보다 몸을 값지게 보이도록 치장하는 레이스 달린 드레스라고나 할까. 조선시대 양가 댁 주인이 정자관程子冠을 쓴 것은 아래 것들에게 위엄을 나타내기 위해서일까.

매미는 서두르는 법이 없다. 한번 줄기에 앉으면 개미처럼 바동대지 않고, 공중을 날 때도 나비처럼 사치스럽지 않다. 그저 정처 없이 이리저리 날다가 나무가 있으면 잠시 쉴 뿐이다. 매미의 그 의연한 모습을 두고 옛 선비들은 시가의 소재로 즐겨 다루었다. 육운陸雲은 매미를 일컬어 "머리에 무늬가 있으니 문文자요, 이슬을 마시니 청淸이며, 곡식을 먹지 않으니 염廉이고, 집이 없으니 검儉이며, 계절을 지키는 것은 신信이므로 오덕五德을 두루 갖춘 벌레"라고 했다. 매미는 메뚜기처럼 풀잎을 갉아먹지 않는다. 그렇다고 파리처럼 상한 음식물을 핥는 것도 아니다. 남몰래 썩은 고기를 기웃거리는 귀뚜라미와도 사뭇 다르다. 옛 사람들은 매미가 이슬을 마시는 순결한 곤충이라고 믿었다. 그래서인지 매미에게는 입이 없다. 입이라고 해야 가느다란 빨대 하나를 턱 아래 숨기고 있을 뿐이다. 이 빨대는 고개를 숙이고 있으면 바로 앞에서도 보이지 않는다. 시원한 버드나무가지에서 연가를 연주하다 시장기가 들면 빨대를 줄기에 꽂아 달착지근한 수액 한 모금을 마시면 그만이다. 양반은 대추 한 알로 요기를 한다고 하지 않던가. 신선놀음이 따로 없다. 여름이 다 가도록 땀 흘리지 않고 놀고먹는다고 할지 모르지만 매미도 할 말은 많다.

　그들도 굴욕적인 성장기가 있었다. 어떤 매미는 수년 동안, 길었던 녀석은 16년이라는 긴 세월을 습기 찬 땅굴 속에서 보냈다. 수직으로 뚫린 비좁은 토굴에서 햇볕 한 올 쬐지 못한 채 장기수처럼 홀로 지냈다. 장마철이면 빗물이 토굴로 차올라 천장에 매달려 지냈고, 시도 때도 없이 땅을 파헤치는 땅강아지의 굴삭기 같은 앞발에 가슴을 졸여야 했다. 매미는 그때를 생각하면 지금도 오금이 저리다. 그저 뚱뚱한 뱃살을 끌고 짧은 다리로 허우적대다가 지치면 뿌리에서 차디찬 수액 한 모금으로 허기를 채우곤 했다. 굼벵이라는 굴욕적인 이름으로 사춘기를 보낸다는 것이 얼마나 고통스러운 것인지 세상이 알 리 없다. 재주라고는 허리를 꿈틀대는 한 가지 뿐이었으니 남에게 눈길 한 번 받아보지 못했다. 언제나 천덕꾸러기로 살아온 세월, 굼벵이 팔자야 처음부터 개팔자보다 못했으니까 억울할 것도 없다고 자위하지만 그래도 미래를 생각하면 입술이 탄다. 몇 해째 느티나무 뿌리를 부여안고 눈물 마를 날이 없었던 삶. 머리 위로는 발자국이 지나고 이따금 수레바퀴도 구른다. 밟혀 죽을지도 모른다는 위기감에 한 번도 고개를 들어 바깥세상을 본 적이 없다.

어느 해 여름. 누군가의 손짓에 따라 토굴을 벗어나기로 했다. 위로위로 올라가 마지막 안간힘을 다해 천장을 밀었다. 사실은 이러한 행동은 며칠 전부터 계속했으나 뜻을 이루지 못했다. 마침 전날 내린 비로 흙이 촉촉하게 젖어 있었으므로 드디어 하늘의 문이 열리는 감격을 맛볼 수 있었다.

지상으로 나온 굼벵이는 무턱대고 높은 나무줄기를 향해 기어올랐다. 여기서 잘못하면 새들에게 먹힐 수도 있고, 무서운 들쥐란 놈이 그냥 둘 리가 없다. 가까스로 줄기를 올랐을 때 먼동이 터 오고 있었다. 그때까지도 굼벵이는 어둠 속에 있었으므로 세상이 이처럼 넓으리라고는 생각도 못했다. 온몸이 근질거리고 정신이 몽롱한 상태에서 지하에서부터 입고 있던 두꺼운 외투를 벗어버리기로 했다. 그러나 마음먹은 대로 되지 않았다. 등가죽을 찢는 아픔은 새로운 세상으로 나가려는 신분상승에 비하면 아무것도 아니었다. 드디어 마지막 뒷다리까지 껍질 속에서 빼냈을 때 온통 몸은 땀으로 젖어 있었다.

그렇게 다시 얼마를 쉬었을까. 아침 햇빛에 빛나는 세상은 낯선 것들뿐이었다. 투명한 날개를 퍼덕여 보면 어딘지 모르게 힘이 솟구치는 것을 느꼈다. 오늘의 영광을 위해 컴컴하고 습기 찬 지하에서 눈물로 지샌 날이 얼마였던가. 돌이켜 보면 고생이란 것도 몰래 간직하고 싶은 추억으로 남는다. 이제 더 이상 굼벵이가 아니므로 남들이 매미라는 이름으로 불러줄 것이다. 뒷발을 힘차게 구르자 몸은 공중으로 솟구쳤다. 그리고 얇은 수정처럼 투명한 날개를 활짝 펴고 하늘을 향해 날았다. 자신을 길러준 느티나무를 한 바퀴 돌아 이웃 마을의 버드나무 가지에 앉았다.

긴 숨을 몰아쉬며 가슴을 열었다. 그동안 숨죽이며 지낸 한 많은 세월이 한꺼번에 쏟아져 외침으로 뿜어져 나왔고, 그 외침은 차츰 곱게 다듬어져 감미로운 가락으로 바뀌어 갔다. 미움의 세월을 삭인 끝에 나온 그의 연주는 많은 이웃들을 감동시키기에 충분했다. 그를 따르는 제자들이 아주 먼 곳에서 찾아들면서 매미들의 버드나무 마을은 오케스트라의 연주장으로 바뀌었다.

그러나 최근 매미들에게도 새로운 걱정거리가 생겼다. 도시가 확장되면서 아파트가 들어섰고, 버드나무 그늘에도 많은 사람들이 찾아들었다. 사람들은 매미 소리가 시끄럽다며 살충제를 쳐 매미들을 떼죽음시키더니 끝내 나무를 베어버리기로 입을 모았다. 옛 선비들은 매미 소리를 듣기 위해 버드나무를 심고, 빗방울 떨어지는 소리를 듣기 위해 파초를 심는다고 했다. 자연을 보고 그 아름다움을 느낄 수 있는 눈과 귀가 현대인에게는 없는 것일까. 살아남은 매미들은 철거민의 서러운 마음을 간직한 채 떠날 채비를 서둘렀다. 어느 늦은 여름날 가랑비를 맞으며.

남산에 온 반딧불이

빛이라기보다 들릴 듯 말 듯 이어지는 속삭임 같은 것. 어둠을 가르는 한 올의 투명한 실선이 나무 그림자를 스친다. 작은 벌레가 내는 빛이라고는 믿어지지 않을 정도로 제법 밝다. 그 때문에 옛 사람들은 반딧불이를 잡아 주위를 밝히고 그 빛으로 책을 읽었다던가.

반딧불이는 유년기의 추억을 떠올리는 곤충이다. 여름 한낮의 더위에 지친 사람들은 해가 기울면 마당에 깔아놓은 멍석으로 모인다. 물쑥 타는 연기 사이로 작은 불똥이 지난다. 저녁상을 물리고 모깃불 연기도 사위어 갈 즈음이면 그 빛은 더욱 선명해진다. 모깃불에서 오르는 불똥과는 색깔부터가 다르다. 반딧불이가 내는 빛은 푸른색에 가까우며 일정한 간격을 두고 반짝반짝 빛을 낸다. 하늘을 날아다닐 때만 빛을 내는 것이 아니다. 때로는 풀잎에 앉아서도 파란 불빛으로 살아나고, 어떤 때는 넓은 호박잎 뒷면에서도 자신의 존재를 알린다. 바라보기 아까울 정도로 앙증맞은 빛. 손에 쥐면 한 움큼이나 될까 말까한 동그란 생명의 아우성이다. 빛을 용적으로 측정하기는 어렵겠으나 옛 그림에서는 꽁무니에 동그라미를 매다는 것으로 반딧불이를 표현했다. 그 전통이 남아서였을까. 학창시절에는 졸업하는 선배들이 싸인 집이라는 것을 묶었는데 그런 책자에는 어김없이 반딧불이가 등장했다. 졸업앨범에서도 마찬가지였는데 형설지공螢雪之功의 고사를 표현한 삽화였으리라.

밤이 되면 반딧불이들은 제 세상을 만난 듯 어둠을 헤치고 난다. 자신의 초라한 불빛으로는 힘의 한계를 느껴서일까. 그 작은 불빛을 가지고는 산골 외딴집 봉창 사이로 새어나오는 호롱불 앞에서도 무력해질 뿐이다. 그러나 작은 빛이라도 모이면 밝다. 어릴 때 반딧불이를 잡아서 호박꽃 속에 넣어본 적이 있다. 지금은 시골에서도 반딧불이 한 마리를 보면 쌍무지개라도 뜬 것처럼 기뻐하지만 옛날에는 흔하디흔한 벌레였다. 쑥이며 망초 줄기를 꺾어 공중을 휘저으면 금방 몇 마리의 반딧불이가 떨어졌다. 풀잎에 앉은 그 작은 갑충류는 '나 여기 있소.' 라고 말하는 듯 깜박였다. 이렇게 하여 한두 마리씩 호박꽃 속에 가두고 꽃잎 끝을 오므려 짓깨면 그대로 달라붙었다. 호박꽃 속에서 불빛이 새어나와 작은 등불이 되는 것이 신기했다. 잘 익은 홍시 빛깔로 먹음직

스러운 색이었다.

밤이 이슥한 시각이 되도록 바지 가랑이를 적시며 들판을 헤매었다. 여러 마리를 잡으면 능히 글을 읽을 수도 있겠구나 싶었다. 더구나 옛 책이란 목판에 새겨 찍은 한자였으므로 크기가 오늘날의 글씨와는 다르지 않았겠는가. 달빛에도 글을 읽었다는 선비들이고 보면 그보다 훨씬 밝은 반딧불이를 얼마나 고마워했을까. 작은 벌레와 함께 밤새 글을 읽었을 가난한 선비를 생각하자. 불을 밝힐 한 방울의 기름이 아쉬운 선비에게 있어서 먹을 것이 넉넉할 리 없었다. 주린 배를 움켜쥐고 늦도록 글을 읽던 선비가 새벽녘에 한지에 싼 반딧불이를 들고 밖으로 나온다. 그리고 봉지를 훌훌 털어 벌레들을 놓아준다. 하늘을 날며 자유를 맘껏 누리는 놈들도 있겠고, 좁은 공간에서 날개를 접고 있던 녀석은 저린 다리를 펴고 그 자리에서 한참을 쉬거나 혹은 바닥을 기면서 풀잎에 몸을 숨겼을 것이다.

부채질을 멈춘 할머니는 애써 잡아온 반딧불이를 놓아주라고 하셨다. 그 대신 이야기보따리를 풀어놓으셨다.

옛날 하늘나라의 옥황상제에게는 세 명의 공주가 있었다. 맏공주는 노래를 잘 불렀으므로 궁정악대를 지휘했고, 둘째는 베를 잘 짰으며, 막내는 불씨를 맡아보는 일을 했다. 어느 휴일에 세 공주는 따분함을 참지 못해 인간 세상으로 내려가 보기로 했다. 모든 이들이 잠든 틈을 타 땅으로 내려갔다가 날이 새기 전에 돌아가야 했다. 그러나 세상에는 신기한 것이 많았으므로 여기 저기 구경에 정신이 팔려 있는 동안 날이 새는 것도 잊어버리고 말았다.

한편 아침이 되어도 공주들이 일을 하지 않았으므로 하늘나라에서는 큰 소동이 벌어졌다. 옥황상제는 세 공주에게 벌을 내렸다. 착한 일을 많이 하면 용서해 준다며 공주들을 벌레로 만들어 멀리 인간세상으로 내쫓았다. 공주들은 지금도 돌아갈 날만을 손꼽아 기다리며 그리움에 목이 탄다. 첫째 공주는 귀뚜라미가 되어 밤새 슬픈 노래를 부르고, 둘째는 베짱이가 되어 철썩철썩 베를 짠다. 막내는 불을 꺼트리지 않으려고 늘 작은 불씨를 가슴에 안고 다닌다. 지금도 불씨를 갖고 다니는데, 그날 저녁에도 불씨를 갖고 나왔다는 것이다.

우화가 대부분 그렇듯 할머니의 이야기도 교훈으로 끝을 맺으셨다. 불이란 무서운 것이어서 낮에는 깊은 동굴 속에 꼭꼭 숨겨놓고 밤에 잘 보일 때만 갖고 나온다는 것이었다.

매미나 방울벌레가 고운 목소리를 갖고 있는데 비해 반딧불이는 소리를 내지 못한다. 나비처럼 화려한 날개가 있는 것도 아니다. 가진 것이라곤 작은 불빛 하나. 그 불빛으로 짝을 향해 소리 없이 외친다. 개똥벌레라는 이름이 말해주듯 아무데서나 볼 수 있었던 천한 벌레였다. 노랫말 속에서는 개똥 무더기가 제 집이라고 했지만 천만의 말씀. 소똥구리가 쇠똥을 먹는다고 개똥벌레 또한 개똥을 먹어야 할 까닭이 없다. 반딧불이가 물에서 유년기를 보낸다는 사실을 모르는 사람은 별로 없을 것이다. 다슬기 속

살을 파먹으며 애벌레 시기를 보내고 이어 육상으로 올라와 우화
羽化 과정을 거쳐 비로소 반딧불이가 된다.

　세상이 많이 바뀌었다. 옛 선비들에게 사랑 받았던 반딧불이도
이제는 문명의 횡포 앞에서는 어쩔 수 없는 것일까. 시골에도 집
집마다 전등불빛이 어둠을 걷어버리고 반딧불이가 짝을 찾고 알
을 낳을 개울가로 자동차 전조등이 칼날처럼 번쩍인다. 애벌레가
자라는 물 또한 제초제, 살충제로 오염돼 가고, 그들의 먹이인 다
슬기까지 사람들에게 빼앗겼다. 옛날에는 다슬기를 잡아도 큰 놈
만 손으로 주워 올렸기 때문에 애벌레는 먹잇감 걱정을 하지 않
아도 되었다. 그러나 지금의 세태는 싹쓸이로 통한다. 촘촘한 철
사 그물로 모래흙을 쓸어 담아 채로 치듯 작은 다슬기까지 걸러
낸다. 먹이가 부족하면 천적 또한 발을 붙이지 못한다. 배부른 인
간들은 몸에 좋다면 먹을 것 못 먹을 것 가리지 않고, 피부 미용
에 좋다는 말 한마디에 쉽게 이성을 잃어버린다. 또 어떤 자치단
체에서는 반딧불이가 사는 환경이야말로 청정지역이라면서 토산
물 판매에 열을 올린다. 작은 벌레 몇 마리를 풀어주는 행사에 수
억 원의 예산을 쓰고도 무슨 착한 일이라도 했다는 듯 자랑들이
다. 그들은 실개천 하나 없는 도심 속의 남산에 반딧불이 몇 마
리를 놓아주고 환경이 좋아졌다고 홍보를 한다. 빛이 없는 곳에
서만 활동할 수 있는 벌레, 애벌레는 반드시 물에서만 살 수 있고
먹잇감 또한 달팽이류만 먹는다는 사실을 모르는 바도 아닐 텐
데. 도시로 끌려온 반딧불이는 휘황찬란한 네온 불빛 아래서 자

신의 무능을 한탄하며 병들어 가고 있다.

가난한 선비를 도와 학문에 정진할 수 있도록 한 벌레, 차츰 우리 곁을 떠나는 벌레가 어디 한두 종뿐이겠는가 마는 반딧불이야말로 환경 지표곤충이고 보면 느낌이 다르다. 혼탁한 물에서 겨우 목숨을 부지해 왔는데, 날로 줄어드는 다슬기를 찾아 허기진 배를 잘도 참아 왔는데……. 이제 문명의 불빛이라는 거대한 횡포 앞에서 무릎을 꿇어야 할 때가 되었다. 다음 세대를 이어갈 우리의 어린이들이 반딧불이라는 하찮은 벌레를 알기나 할까. 그나마 기억해 주는 어른들은 하나 둘 역사의 뒤란으로 살아지고, 여름밤의 서정도 저 작은 불빛처럼 꺼져가고 있다. 호모 사피엔스의 장난으로 얼마나 많은 생명들이 더 사라져야 할지.

충차虫茶

친지로부터 별난 선물을 받았다. 충차虫茶 이름도 생소한 진귀한 차다. 중국어 설명에 따르면 벌레 똥이라는 것인데 어떻게 똥을 끓여 마신다는 것인지. 동물의 변이 향기로운 음료가 될 수 있는 것도 흥미로운데 그것을 처음 마신 사람들이 누구인지 궁금했다. 뜨거운 물에 검은 알갱이 몇 알을 넣고 우려낸 차는 꿈결 같은 감미로움. 입안에 넣고 뜨거운 기운을 혀끝으로 식히려는데 어느새 향긋한 내음이 머리를 적신다.

'처가와 화장실은 멀수록 좋다.'는 말이 있다. 처가에 의존하지 말고 독립정신을 기르자는 의미이리라. 또 화장실은 더러운 곳이기 때문에 옛 사람들도 가까이하지 않으려 했는지 모른다. 실제 재래식 화장실은 문간 밖에 있거나 집안에서 가장 구석진 곳에 마련하는 것이 사실이다. 그렇지만 농경사회에서는 변便이란 귀한 거름이었으므로 함부로 취급하지 않았다. 옛 사람들은 소변도 참을 수 있을 때까지 참았다가 집에 가서 해결했다고 하지 않던가. 심지어 어떤 이는 나들이를 갔다가도 용변을 보기 위해 집으로 다시 돌아갔다는 이야기도 있다. 그만큼 거름이 귀한 자원이었던 때가 있었다.

실학의 대가 박제가朴齊家는 《북학의北學議》에서 중국 사람들의 거름에 대한 이야기를 쓰면서 "거름 한 말이 곡식 한 말인데 어찌 함부로 취급하겠는가."라고 했다. 중국인은 마소의 거름을 모으기 위해 가축 꽁무니에 주머니를 매달고 다닌다거나 길에서 말이 오줌으로 적셔놓은 흙까지 긁어모으는 광경을 기술하고 있다. 거름이야말로 농업 생산성을 높이는 귀중한 자원이었던 것이다.

먹으면 일정량의 분비물을 배출하게 되는 것은 사람이나 짐승도 마찬가지. 그런데 옛 사람들은 인분을 더러운 것으로 여기지 않고 곡식을 가져다주는 귀중한 자원으로 보았다. 사람이 음식을 먹고 버린 변이 다시 곡식을 키우는 것을 두고 생명의 순환이라 생각했다. 그러한 까닭에 더럽다거나 비위생적이라는 생각은 신에 대한 불경이라 여겼다.

변을 효율적으로 모으고 다시 생산적으로 이용한 시설이 바로 사찰의 해우소解憂所일 것이다. 남몰래 버린 근심이 대지를 살찌우는 양분이 되고 생명을 키우는 젖줄이 되지 않는가. 그래서 해우소는 몇 가지 원칙 위에서 세우는 것이 보통이다. 먼저 비탈진

곳에 2층 누각 형태의 목조건축물을 세운다. 위에서 떨어뜨린 근심이 아래층에 쌓이고 그 위에 재나 낙엽 같은 것을 덮는다. 이렇게 하여 쌓아두었다가 발효가 되면 갈고리 같은 것으로 긁어서 농지에 깔면 훌륭한 밑거름이 된다. 해우소의 이러한 생명 사이클은 현대의 생태학자들까지도 큰 관심을 보이고 있다. 자원을 재활용하는 일이야말로 지구를 살리는 일이기에 그들이 가장 열정적으로 연구하려는 이유이다.

우리가 더럽다고 느끼는 변도 의학용으로는 질병을 진단하는 데 중요한 자료가 된다. 또 범죄 현장에서는 변만 가지고도 그 사람이 무슨 음식을 먹었고 무슨 약을 복용했는지 알 수 있다. 동물도 예외는 아니다. 산속에서 발견한 분비물로 그 대상이 어떤 짐승이며 무슨 먹이를 먹었는지 알 수 있다. 게다가 수억 수천 만 년 전의 분비물 화석을 통해 그 동물이 무슨 먹이를 먹었는지 헤아릴 수 있다. 바로 고생물학 연구 분야이다.

식물이 동물 분비물과 함께 영역을 넓혀나가는 예는 허다하다. 남아프리카 칼라하리Kalahali사막 원산의 수박은 들개나 코요테 같은 동물에 먹혀 멀리 퍼져나간다. 사막은 물이 귀하다. 설치류나 코요테 같은 동물은 사막에서 수박을 발견하면 시원한 과육을 먹으며 수분을 보충한다. 그때 과육과 함께 삼킨 씨가 장을 통과하여 다른 곳에서 변과 함께 버려져 건기를 지내게 된다. 다시 우기가 오면 빗물에 젖은 씨가 싹이 터 수박 덩굴로 자라게 된다. 수박씨는 그냥 심으면 잘 돋아나지 않는다. 동물의 장을 통과하고 장내 효소의 작용으로 껍질이 분해되어 빗물을 흡수하면서 비로소 싹이 튼다.

씨앗이 동물의 장을 통과하여 싹이 트는 것에는 겨우살이도 마찬가지이다. 겨우살이 열매는 말랑말랑한 껍질에 감싸여 있다. 새들이 열매를 먹고 변과 함께 나뭇가지에 버려지면 싹이 터 뿌리를 박아 숙주나무로부터 물과 영분을 흡수하여 살아가게 된다. 동물의 분비물이야말로 새로운 생명체를 키우는 귀중한 자원인 동시에 생명의 감로수가 아닌가.

동물의 변도 이용하기에 따라 값진 자원이 될 수 있다. 인도네시아의 사향고양이에게 커피콩을 먹여 분비물과 함께 버려진 것을 모아 끓여낸 루왁커피는 맛과 향이 기막히다고 하지 않던가.

벌레 똥을 끓여낸 충차 음료는 충시차虫屎茶 또는 용주차龍珠茶라고도 한다. 중국의 호남湖南, 귀주貴州, 광서성廣西省의 묘족苗族, 요족瑤族 같은 소수민족의 전통음료이다. 충차 만드는 법은 그렇게 어렵지 않다. 차벌레茶蟲에게 찻잎을 먹여 그 똥을 걸러낸다. 이것을 잘 말려 솥에서 살짝 볶아낸 뒤 뜨거운 물에 우려내 마신다. 그 기막힌 차향을 어찌 설명할 수 있을까. 애벌레의 장내 소화 효소의 영향으로 섬유질이 분해되고 숙성 과정에서 향기가 짙어져 맛과 향이 신비스럽게 변한다.

현대인은 동물의 분비물을 더럽다고 멀리하지만 옛 사람들은 그렇지 않았다. 더러운 것이 아니라 자원이요 약이며 생명을 키우는 자양분이라 생각했다. 충차도 약이며 기호음료이다. 충차 한 잔으로 내 마음의 더러운 때를 씻어 내리고 향기로 가득 채웠으면 좋겠다. 오늘은 나도 해우를 통해 욕망의 찌꺼기를 버리는 한 마리 벌레가 되고 싶다.

어평도의 갈매기

무인도로 갈 때면 절해고도를 향해 탐험이라도 떠나는 기분이다. 왠지 모르게 두려움이 앞서는 것은 매번 섬이라는 단어가 주는 느낌이 편안하지 않고 이번에도 발이 묶이면 어쩌나 하는 걱정이 앞서기 때문이다. 실제 섬은 한번 발을 디디면 쉽게 빠져 나올 수 있는 곳이 아니다.

어평도는 두 개의 섬이 긴 자갈밭으로 연결돼 있는 무인도이다. 풀벌레 소리를 밟고 오르는 오솔길 양쪽으로 날이 선 억새가 독기를 머금고 곧추 서 있다. 이 섬은 괭이갈매기 집단 번식지여서 그 어느 섬보다 분주하고 활기에 넘친다.

섬을 돌아서 서북쪽 해안을 따라 가면 수많은 식물종이 서식하는 숲이다. 제법 넓은 섬이어서 갯가에는 모래밭에 갯메꽃이 피어 있고 핏빛 해당화가 전설 같은 향기로 먼 바다를 향해 손짓한다. 매운 갯바람에 피는 해당화는 육지의 장미 이상으로 곱다. 아무도 찾지 않는 거친 모래땅에서 홀로 피었다 지기 때문에 더욱 청초하게 느껴지는지 모른다.

서해 도서의 다른 섬들이 대부분 화강암으로 이루어져 있는데 비해 어평도는 섬 전체가 하얀 대리석으로 굳어져 있다. 대리석의 질이 아주 좋아서 투명할 정도로 결이 부드럽고 영겁(永劫)의 세월을 바닷물에 깎이고 씻기어 미인의 속살 빛이다. 물결이 일렁일 때마다 바다로 뻗어나간 뽀얀 바위가 더할 나위 없이 깨끗하다. 욕실에서 갓 나온 미인의 살결이 이토록 매끄러울까. 새들도 이 섬의 바위들이 좋은지 저마다 동그란 둥지를 틀어 알을 낳고 새끼를 기른다.

워낙 많은 괭이갈매기가 집단 번식하다 보니 둥지를 지을 공간이 부족할 수밖에 없다. 그래서 새들은 절벽이 아닌 바닷가 자갈밭에 엉성한 둥지를 지어 알을 낳기도 한다. 그 알들은 햇볕을 피할 그늘이 없어 그대로 볕에 노출돼 있다. 알들이 너무 뜨거워지면 어미 갈매기는 바닷물에 몸을 식혔다 알을 품어 시원하게 해준다. 어미의 모성애는 새들이라고 사람과 다를 바 없다.

바닷물이 밀려오면 알들이 파도에 쓸려나갈 수도 있다. 그러나 좁은 섬에 수많은 갈매기들이 살다 보니 집을 지을 공간이 턱없이 부족하다. 괭이갈매기는 원래 바닷가 절벽에 둥지를 튼다. 가만히 보면 한 뼘이나 될까 말까 한 좁은 공간에 둥지를 짓는데 나뭇가지로 엉성한 틀을 잡고 그기에 마른 풀을 약간 깔아서 알자리를 마련한다. 둥지라고 하기에는 너무나 엉성하다. 그저 알이 절벽으로 굴러 내리지 않으면 된다는 듯 어미 갈매기들은 좌선하듯 알을 품고 있다. 알 속에서는 새끼가 스스로 껍질을 깨고 나오는 것 같다. 자세히 보면 둥지마다 알을 깨고 나오는 새끼들이 작은 알껍질 구멍 속에서 꼬물거린다. 이처럼 뜨거운 햇볕에 그대로 노출된 채 아랑곳 하지 않겠다는 듯 생명의 탄생을 준비 중이다.

새끼가 깨어나면 어미가 물어다 먹여주는 먹이를 먹는다. 먹이라고 해야 어미 갈매기가 물고기를 잡아먹고 위장에서 반쯤 소화된 것을 토해내 새끼에게 먹인다. 마치 이유식을 받아먹는 아기처럼 부리를 예쁘게 벌린다. 보통 2개의 알을 낳지만 새끼는 한 마리를 키우는 것이 보통이다. 두 개의 알 중에서 먼저 깨어난 새끼가 나중에 나온 새끼를 물어 죽이거나 둥지 밖으로 밀어 떨어뜨리기 때문이다.

절벽에서 둥지를 짓지 못해 바닷가 자갈밭에서 깨어난 새끼들은 가끔씩 다른 동물들에게 먹히기도 한다. 또 풍랑이 일어 파도가 높을 때는 바닷물에 휩쓸려가기도 한다. 새끼들은 경사진 절벽을 미끄러지면서 떨어지다시피 하여 밑으로 내려온다. 그리하여 어미가 기다리는 바닷물로 주저 없이 뛰어든다. 새끼들은 선천적으로 헤엄을 잘 친다. 마치 익숙한 수영선수라도 된 양 마음껏 바다 위를 떠다닌다. 몇 마리의 새끼 주위를 어미 갈매기들이 수면과 공중에서 호위를 한다.

그러다가 수온이 차가워 체온이 떨어지면 뭍으로 올라온다. 그러나 새끼로서는 아직 날개의 깃털이 없으므로 다시 둥지로 돌아갈 수는 없다. 새끼들은 어미가 지켜주는 옆에서 바위틈 그늘에 몸을 숨긴다. 앞으로 날 수 있을 때까지 이 바위틈이 새끼들의 안식처가 될 것이다. 새끼들은 낮이면 바다로 나가 물위에서 수영과 물고기 잡는 법을 배우고 저녁이면 바위틈을 찾을 것이다.

어쩌다 맹금류나 야생 고양이 같은 놈이 오면 수십 마리의 갈매기들이 몰려와 사뭇 공격적으로 행동한다. 이러한 새들의 위협적인 행동에 놀란 천적들이 먹이 사냥을 포기하고 만다. 갈매기 서식지로 들어갈 때는 조심해야 한다. 사방에서 수십, 때로는 수백 마리의 갈매기들이 일제히 날기 때문에 하늘이 어지러울 지경이다. 이런 곳에 있다가는 머리와 옷에 더러운 갈매기 분비물을 뒤집어쓰기 십상이다. 한 번 묻은 오물은 산성이 강해서 여간해서는 지워지지 않고 섬유에 흔적이 남는다. 남의 평화스러운 마을에 무단 침입했으니 벌을 받아 마땅하다는 듯 함부로 날고 시끄럽게 지저귄다.

제한된 공간에 많은 갈매기가 살아간다는 일은 너무 가혹하다. 먼저 차지한 갈매기와 그 둥지를 빼앗으려는 갈매기와의 싸움은 종일 계속된다. 우리네 사람도 갈매기와 무엇이 다른가. 오척 단구를 누일 방 한 칸을 마련하지 못해 얼마나 많은 날들을 이리저리 옮겨 다녀야 했던가. 그것도 가장의 무능으로 가족들까지 쫓겨 다녀야 했던 세월을 감안하면 오늘의 현실에도 고맙고 만족할 줄 알아야 한다. 집 없는 서러움이 어디 새들 뿐인가. 아직도 착한 이웃들이 날이 저물면 몸뚱이 하나 편히 누일 공간을 찾아 차디찬 지하철 바닥을 기웃거린다.

이제는 돌아가야 할 때이다. 반갑게 맞아줄 내 집이 있다는 것이 얼마나 행복한가. 돌아오는 뱃길에 아쉬운 듯 저녁놀이 따라와 조타실 유리창을 붉게 물들인다. 뱃일을 마치고 돌아가는 늙은 어부의 등에도 노을이 깃들고, 며칠을 함께 한 여류학자의 뺨도 도화빛으로 물들었다.

바다는 뱃전을 따라 도는 갈매기의 울음소리와 함께 멀어져 간다.

까투리

때 이른 오월의 폭염으로 풀잎마저 생기를 잃었다. 떡갈잎 사이로 헤집고 들어온 햇살도 숨을 헐떡인다. 녹색 숲으로 빨려 들어간 오솔길은 조용하다 못해 한적한 절간 같다. 이따금씩 나뭇잎을 흔드는 바람을 느낄 뿐. 도시의 소음 속에 살다 보면 정적이 오히려 부담스럽고 조금은 무섭기까지 하다. 사람이 없는 숲에서는 풀벌레 소리, 새들의 날갯짓 소리에도 깜짝깜짝 놀라게 된다.

멧비둘기는 부드러운 음색으로 노래하고, 발밑을 지나는 속살빛 물살이 풀잎을 어루만진다. 나뭇가지 사이로 하늘이 열리면 건너편 산자락이 보인다. 바람이 지날 때마다 굴참나무 잎도 따라서 흰색이 되어 쓰러진다.

아무래도 이상했다. 혼자 걷는 산길에 누군가 뒤를 밟는 느낌이었다. 머리끝이 쭈뼛 서며 등골이 서늘했다. 뒤를 돌아보았다.

아무도 없었다.

다시 길을 재촉했다. 낙엽을 밟는 발자국 소리가 들린 것도 같았고 작은 나뭇가지 부러지는 소리도 들린 것 같기도 했다. 뒤돌아보았지만 별다른 무엇도 보이지 않았다. 길을 걷는 척 하다가 갑자기 고개를 돌렸다. 괜한 신경을 쓴 것일까. 키 작은 가시나무 덤불에 몸을 숨기고 숨을 죽였다. 그리고 주위를 향해 두리번거렸다.

아! 그래. 저 녀석들이군. 살찐 까투리 한 마리가 올망졸망한 새끼들을 거느리고 먹이를 찾는 중이었다. 어미는 큰 눈으로 내 눈치를 살피다가 눈이 서로 마주치기라도 하면 움직이지 않고, 내가 돌아서면 다시 가랑잎을 들추며 먹이를 찾는 것이었다. 얼마 후 까투리 가족은 자신들을 해치지 않을 것이라는 사실을 확인이라도 했는지 제 할 일에만 열중했다. 신갈, 굴참, 상수리나무 잎을 헤치며 무엇인가 열심히 찾고 있었다.

어미 까투리는 두 발을 서로 번갈아 가면서 낙엽을 헤쳐 바닥에 부리를 쪼아댔다. 수탉이 암탉을 위해 모이를 찾아 주듯. 어미가 땅을 헤집어 놓을 때마다 작은 꺼병이들이 서너 마리씩 달려들어 모이를 쪼았다. 어떤 놈은 어미의 입에 들어 있는 것도 빼앗으려는 듯 까치발을 하고 부리를 내밀었다. 노란 솜털이 보송보송한 이 녀석들은 열 서너 마리까지는 셀 수 있겠는데 그 이상은 헷갈리기만 했다. 열다섯이나 열일곱 정도 되었을까. 똑같은 유니폼을 입고 매스게임이라도 하듯 서로 모였다가 헤어지기를 반복했다. 황갈색 바탕에 줄무늬까지 있어서 낙엽색과 거의 같았다. 위장술의 천재들이라 움직이지 않으면 눈에 잘 띄지 않았다.

이 녀석들을 공격하면 어떤 반응을 보일까. 꺼병이는 다급하면 가랑잎을 물고 뒤로 벌렁 넘어진다고 했는데 정말 그럴까.

쉿! 소리를 지르며 무리를 쫓았다. 누가 내 행동을 본다면 돌았다고 할지도 모르겠지. 그런데 이상한 것은 그렇게 많던 새끼들이 한 마리도 보이지 않았다는 사실이다. 다들 어디로 사라졌을까. 더 놀라운 것은 어미의 행동이었다. 금방 새끼들이 어떻게 되기라도 한 듯 날갯죽지 하나를 땅에 깔고 몸을 비틀며 다친 시늉을 했다. 발 하나를 꺾어 발가락을 접고 부리는 땅바닥에 꽂은 채 그 자리에서 맴을 돌았다. 날개 부러진 꿩이 여기 있으니 주워 가라는 것일까. 내가 그 자리에서 바라보고만 있으려니 까투리란 녀석은 싱거운 쇼를 했다는 듯 꺾인 날개를 원래대로 접고 두 발도 정상이 되었다. 그리고는 구구구…! 새끼들을 불러모았다.

어미가 부르는 소리를 듣고 그제야 숨어 있던 새끼들이 하나씩 모습을 드러냈다. 그 동안의 소동으로 까투리 가족은 벌써 십여 미터 저 쪽으로 멀어졌다. 그 뒤를 새끼들이 따르며 다시 먹이를 찾았다. 금방 아무 일도 없다는 듯.

이번에는 내가 가만히 있을 수 없지. 다시 두 번째 행동으로 옮기기로 했다. 갑자기 몸을 던져 까투리 가족에게로 달려갔더니 다급한 까투리는 몇 발짝을 뛰다가 나뭇가지 위로 올라갔다. 다시 몇 발짝을 다가가자 나무에서 뛰어내려 날개 부러진 시늉을 계속하는 것이었다. 그리고는 구구구구…. 소리를 반복했다. 아마 '비상사태! 모두 대피하라!' 하는 신호 같았다. 민방위 훈련이라도 하는 것처럼.

어미는 사오 미터 거리를 유지하면서, '나는 날개 부러진 새이며 다리 꺾어진 꿩이요, 잡아 잡수!' 라고 말하는 것 같았다.

도저히 까투리에게 다가갈 수 없다는 것이 확인된 이상 이번에는 꺼병이를 찾아볼까. 갑자기 무리를 향해 달려갔다. 눈 깜짝할 사이에 그 많던 새끼들이 모두 사라졌다. 그 자리에서 낙엽만을 바라보고 오랫동안 움직이지 않았더니 차츰 숨어 있던 새끼들의 모습이 드러났다. 그루터기 뒤에서도 나오고 낙엽 속에서도 되살아났다. 마른 떡갈잎이 꺼병이로 살아나는 것 같았다.

이번에는 한 마리의 새끼를 정해 그 놈만 추적해 보기로 했다. 그러나 몇 발짝만 움직여도 나를 피해 십여 미터의 거리를 유지하는 것이었다. 처음에는 사오 미터 거리를 유지할 수 있었는데.

무작정 돌진했다. 한 녀석만을 목표로 그 녀석에게서 눈을 떼지 않고 달렸더니 다급한 새끼는 낙엽 속으로 몸을 숨겼다. 옳지, 이번에는 내 손에 잡혔다. 그런데 그 자리에서 발을 멈추고 말았다. 병아리가 숨은 낙엽을 찾을 수 없었으므로.

허리를 구부리고 가만히 바라보고 있자니 눈앞에 부드러운 잔털 같은 것이 보였다. 이건 또 뭐야. 손으로 주우려는 순간 포르르 달아나는 것이었다. 바로 새끼였다. 낙엽 사이에 몸을 웅크리고 있으니 보호색 때문에 눈에 뜨일 리 없지. 꿩이란 놈이 새끼를 보호하는 모습이나 새끼가 자신의 몸을 지키는 위장술은 과히 표창감이다. 까투리가 새끼들을 보호하려는 눈물겨운 모성애를 통해 전에 들었던 이야기가 생각났다.

강원도 두메산골에서 화전을 일구며 살았던 농부의 이야기이다. 화전민들은 우거진 억새 밭에 불을 놓아 넓은 땅을 얻는데 여기에 옥수수나 감자를 심고 가을에 거두었다. 산에 불을 지르는 때는 마침 까투리가 알을 품는 계절이다. 산불은 거침없이 타올랐으나 알을 품은 어미는 불에 타 죽을지언정 혼자 피하지 않았다. 불이 꺼지고 산에 오른 농부는 잘 익은 꿩고기와 알까지 주울 수 있었다. '꿩 먹고 알 먹는다'는 속담은 이렇게 생겨났다고 하는데 아니라고 하기에는 그 사연이 너무나 애처롭다.

한 마리의 까투리도 자신을 던져 제 새끼를 보호한다. 새끼를 기르는 모성애가 어디 까투리뿐이랴. 미물이라 해도 가족을 사랑하고 후세를 위해 자신을 희생시키는 예는 얼마든지 있다. 갯벌에 사는 장다리물떼새는 적이 둥지 가까이 오면 긴 다리를 접고 부상당한 채 하여 둥지로부터 따돌린다. 염낭거미 또한 밀폐된 공간에서 자신의 몸을 먹여 새끼들을 기른다.

사람은 어떤가. 부모의 의무를 너무 소홀히 하는 것은 아닌지. 국제통화기금 체제 이후 버려진 아이들이 부쩍 많아졌다고 한다. 텔레비전에서 그 아이들의 맑은 눈동자를 볼 때마다 마음이 편치 못하다.

꺼병이의 깃털이 아름다운 것은 끊임없는 사랑의 빗질 때문이

아닐까. 발밑에 떨어진 어미의 깃털 하나를 주워 들고 산을 내려
왔다.

올가미

겨울로 접어들면서 올가미에 걸린 산짐승 사진이 매스컴에 자주 등장했다. 허리가 잘릴 지경이 된 노루의 슬픈 표정과 목을 옥죄인 멧돼지가 발버둥치는 사진도 실려 있었다. 지리산 반달곰을 잡기 위해 올가미로도 부족하여 사제 폭탄까지 만들었다고 한다.

올가미로 짐승을 잡는 일은 아주 먼 옛날부터 있어 온 생활의 지혜이다. 사람이 자연에서 먹을 것을 구했던 시절에는 사냥이란 곧 생존 수단이었을 것이다. 그런데 지금의 세태는 죽이는 행위 자체를 즐기기 위해, 또는 몸보신을 위해서 사냥을 한다. 죽음을 눈앞에 둔 노루가 그 슬픈 눈동자를 깜박이건만 피를 마셔야 몸에 좋다며 또 다른 노루를 찾아 나선다.

겨울은 사냥의 계절이다. 얼마 전까지만 해도 두메 사람들은 농한기면 꿩이며 산토끼, 멧돼지 같은 산짐승을 잡았다. 그들은 야생 동물을 농사에 해를 끼치는 적이나 마찬가지로 생각했기 때문이다.

어릴 때 이웃집에 내가 좋아했던 형이 있었다. 지금 생각하니 그 형은 마음만 어질었지 일머리가 좀 부족한 사람이었다. 무슨 일을 시키면 꼭 사고를 저질렀기 때문에 중요한 일은 맡길 수가 없었다. 그러다 보니 주민들과 잘 섞일 수도 없었고, 또 끼워 주지도 않았다. 그러나 사람은 누구나 한 가지 재주는 있는 법. 그 형은 여름이면 물고기를 낚고, 겨울에는 올가미를 놓아 산토끼를 잘 잡았다. 초겨울에 시작한 토끼 사냥은 겨우내 계속되었다. 새싹이 파릇파릇 돋아나는 이른봄까지.

올가미를 이용한 사냥 방법은 민족마다 조금씩 다르다. 아메리카 인디언들은 올가미를 이용하여 물속의 수달이나 비버를 잡는다. 에스키모인들은 북극 바다의 얼음 속에 올가미를 설치하고 바다표범이 걸려들기를 기다린다. 또 아프리카의 부시맨들은 야자 열매 껍질에 구멍을 뚫고 땅콩 같은 열매를 넣어 둔다. 원숭이가 땅콩을 한 움큼 쥔 채 손을 빼려고 하면 빠지지 않아 잡히고 만다. 올가미 아닌 올가미라고 할 수 있다.

그러나 올가미도 필요에 따라 아주 요긴하게 쓰일 때가 있다. 서부 활극에서는 말을 탄 카우보이가 올가미를 빙빙 돌리다가 던져서 소를 잡는다. 올가미가 없다면 사나운 가축을 마음대로 부릴 수 없을 것이다.

올가미는 사람의 눈에도 잘 띄지 않는다. 하물며 산에서 살아가는 짐승들에게 있어 서랴. 곳곳에 죽음의 고리가 도사리고 있는 셈이다.

지난겨울. 여느 때처럼 혼자 산을 찾았었다. 평소에 잘 다니지 않는 오솔길을 달리다시피 하여 내려오는 중이었다. 그날 따라 등산객도 통 만날 수 없었다. 잡목과 가시 덩굴을 헤치며 얼마를 내려왔을까. 먼 데서 자동차 지나는 소리가 들렸다. 큰 길이 있는 곳까지 거의 내려온 것 같았다.

바로 그때 발에 무엇인가 걸린 듯 한순간 내 몸을 낚아채는 것이 있었다. 한쪽 발이 철사에 걸렸고, 그 철사는 제법 굵은 나뭇가지에 매어져 있었다. 몸을 출렁이면 손이 땅에 닿을 수 있는 높이지만 거꾸로 매달린 신세에서는 어찌할 도리가 없었다. 짧은 겨울 해는 이미 기울어 어둑어둑해지는데 내 신세가 말이 아니었다. 이러다가 죽을 수도 있다는 생각이 들었다. 순간적으로 머리에서 등으로 뜨거운 것이 지나갔다. 우선 정신을 차려야 했다. 먼저 등에 맨 배낭을 풀고 났더니 몸은 한결 자유롭게 되었지만 체중이 가벼워졌는지 공중으로 더욱 높이 떠올랐다. 매달린 상태로 허리를 구부려서 간신히 등산화의 끈을 풀었다. 그리고는 힘들게 발을 뺀 순간 내 몸은 바닥으로 내동댕이쳐졌다.

안도의 한숨을 돌리고 났을 때 또 하나 걱정이 남았다는 것을 알았다. 나무에 대롱대롱 매달린 등산화 한 짝. 내 육신이 저 신발 짝처럼 매달린 채 햇볕과 바람에 황태처럼 말라 가겠지. 어느 날 올가미를 거두러 온 사냥꾼이 누더기를 걸친 미라를 보면 어떤 기분이 들까. 나도 올가미 앞에서는 노루나 승냥이와 무엇이 다르겠는가. 아버지를 잃은 아이. 남편의 행방을 걱정하는 아내의 슬픈 표정이 떠올랐다. 머릿속에서는 또 다른 내가 '정신 차려! 이 한심한 친구야. 그나마 살아났으니 다행인 줄 알아.' 맨발로 갈 수는 없다며 신발부터 내리라는 것이었다. 줄기 아래쪽부터 휘면서 비탈 위쪽으로 잡아 당겼다. 그렇게 애를 썼더니 꼭대기가 부러졌고 가까스로 등산화도 내릴 수 있었다.

'어리석은 인간. 짐승 잡는 올가미에 사람이 왜 걸려.'

자책하면서도 오늘은 재수 억수로 나쁜 날이라고 혼자 위로를 했다. 사람이기 때문에 그래도 제 손으로 올가미를 풀고 살아났지만 노루나 오소리 같은 짐승이었다면 꼼짝없이 죽었겠지.

올가미는 짐승을 잡는 데만 쓰이지 않는 것 같다. 사람이 사람을 잡는 데도 쓰인다. 도시의 사냥꾼 아닌 사냥꾼들은 자신의 지위 확보를 위해 올가미를 깔아 상관을 옭아매고 경쟁 관계의 친구 발목을 잡는다. 세상이 있고 사회라는 조직이 유지되는 한 올가미는 사라지지 않을 것이다. 너무 많은 것을 가지려는 사람일수록 올가미에 잘 걸린다. 그저 있는 대로 먹고 홀가분하게 사는 것도 괜찮은 삶이리라. 올가미는 보이지 않기 때문에 더욱 무서운 법이다.

담쟁이와 새삼

2

솔잎차를 마시며

지난겨울은 어느 해보다 많은 눈이 내렸다. 소한 대한이 지나면서 강추위도 조금씩 누그러지자 새봄에 대한 기대로 마음은 조금씩 들떠 간다. 바깥 날씨는 아직도 쌀쌀한데 마음이 먼저 부푸는 이때 생각나는 것이 있다면 차고 맑은 솔잎차 한 잔이다.

대부분의 차는 따뜻하게 데워서 마신다. 그러나 솔잎차는 차게 해서 마셔야 제 맛이다. 냉정한 정신 상태를 가지려는 뜻이다. 인적 드문 산막에서 마시는 한 잔의 솔잎차松葉茶. 창밖에는 눈이 소록소록 내리고 홀로 있다는 고독감이 사무칠 때, 누군가 못 견디게 그리워질 때, 마음을 달래주는 명약 같은 것이 바로 솔잎차 한 잔의 맛이요 향이다. 외로움은 철저하게 혼자가 되어 본 후에야 벗어날 수 있는 것. 어찌 뜨겁게 마시겠는가.

눈 내리는 날은 바람도 잔잔한 법. 처마 끝에 매달려 있던 눈송이가 이따금 마당으로 떨어질 때 풀썩 하고 비둘기 날갯짓소리를 낼 때도 있지만 산막은 조용하다 못해 적막하다. 읽던 책을 잠시 덮고 촛불마저 꺼도 좋다. 창호지로 스며드는 눈빛만으로도 찻상에 놓인 찻잔 정도는 충분히 헤아릴 수 있다. 이럴 때 따뜻한 녹차 한 잔도 외로운 마음에 위로가 되겠지만, 적막한 고갯길을 혼자 넘어본 사람이라면 솔잎차의 잔잔한 맛을 음미할 줄 안다. 솔잎차는 마음을 어루만지는 이성적인 차요, 얼음처럼 차디찬 고독의 음료이다. 그래서 추운 겨울일수록 머릿속으로부터 깊은 맛으로 다가온다. 술도 차가운 음료라 하겠지만 혼자 마시는 술은 마음에 위로가 되지 않는다. 벗과 함께 어깨를 맞대고 고함치듯 떠들며 마셔야지 혼자 무슨 맛으로 술잔을 기울일 것인가.

'커피는 통속소설이요 시가 작설차라면 수필은 송엽차'라는 글을 어디선가 읽은 기억이 있다. 성정이 과격하고 자극적인 커피는 입안을 적시는 순간 불같은 기운을 내뿜지만 여운이 오래도록 남지는 않는다. 음악으로 말하면 팝뮤직 같은 것이라고 할까. 녹차의 향은 클래식 음악처럼 먼 곳으로부터 천천히, 아주 느리게 다가와 오래도록 여운을 남긴다. 커피가 그저 귓전을 때리고 지나는 서양의 교회종이라면 녹차는 번민에 찬 영혼을 잠재우는 에밀레 종소리와 같다고나 할까. 서양과 동양의 정신적 깊이를 차의 맛에 비한다 해도 큰 무리는 아닐 성 싶다.

녹차보다 더 깊고 은은한 솔잎차는 성급한 마음을 가지고 마시면 그 맛을 알 수 없다. 들끓는 욕망을 가라앉히고 세상 잡사로부터 자유로워 졌을 때 한 편의 아름다운 수필을 읽듯 솔잎차의 향기를 맡아 보라. 솔잎차 한 모금이 입술에 닿는 순간 날카로운 첫사랑의 추억처럼 마음을 아릿하게 적셔 오리라. 목을 타고 넘어가는 동안 머릿속에 자라는 온갖 상념들이 서리 맞은 풀잎처럼 사라지고 말 것이다.

솔잎차의 진정한 맛을 느낄 수 있는 경지에 오르기까지는 나름의 훈련을 하지 않으면 안 된다. 처음 솔잎차를 마시는 사람은 커피를 마시듯 성급하게 삼키고는 입 안에 남는 떨떠름한 맛 때문에 내키지 않을 수도 있다. 그러나 오래 마시다 보면 마실 때보다 마신 후에 남는 솔바람 같은 향이 좋아지고 머리를 개운하게 하는 솔잎차의 맛에 점차 깊이 빠져들게 된다.

내가 솔잎차를 처음 맛본 것도 깊은 산사에서였다. 서른 해도 더 오래 되었을 게다. 수석을 좋아하는 선배 문인을 따라 명석 산지인 경북 문경의 농암천을 헤매다 늦은 시간에 주흘산에 닿았다. 혜국사라는 작은 암자는 그날따라 함박눈이 많이 내려 앞을 분간할 수 없을 지경이었다. 발목까지 빠지는 눈길을 헤치고 가까스로 산사가 보이는 곳까지 갔다. 작은 암자의 지붕에는 눈이 한 자나 쌓여 있었고, 늙은 전나무도 하얗게 쌓인 눈의 무게가 버거운지 가지를 늘어뜨리고 서 있었다. 숲의 요정이 사는 오두막처럼 산사는 온통 새하얀 빛에 싸여 있었다.

천지는 순결한 침묵에 싸이고 기왓장을 쌓아올린 굴뚝만이 살아서 연기를 내뿜고 있었다. 어깨와 머리에 눈을 흠뻑 뒤집어쓴 우리 일행을 스님께서는 반가이 맞아 주셨다. 정갈한 승방. 온돌방이라 아랫목이 따뜻했다. 우리가 오기 전에 사군자라도 치셨는지 벼루의 먹물도 마르지 않은 방에는 묵향만이 그윽했다. 화로에 젖은 손발을 말리며 따뜻한 녹차 한 잔을 기대했는데 스님이 내 온 차는 뜻밖에도 차디찬 솔잎차였다. 언 몸으로 갑자기 뜨거운 차를 마시면 오히려 좋지 않다시며 다섯 해나 묵힌 솔잎차를 마셔 보라는 것이었다. 처음에는 그저 덤덤한 맛이라고 생각했는데 한 모금 마시고 나니 그게 아니었다. 입안을 감돌던 솔잎 향은 머릿속을 한 바퀴 돌아 나를 뒷산의 솔밭으로 이끌었다. 가슴에도 솔바람이 이는가 싶더니 향기는 어느새 온몸으로 여울져 무언가 그려낼 수 없는 감미로운 맛에 젖어들게 했다. 나는 그 뒤 스님을 졸라 솔잎차 만드는 비법을 배웠다.

솔잎차를 가공하기 전에 먼저 청정지역에서 오염되지 않은 솔잎을 채취해야 한다. 같은 솔잎이라도 묵은 것은 좋지 않고 당년에 자란 새잎을 채취해야 한다. 어린 솔잎을 뽑으면 기부에 붉은 비늘잎 조각이 붙어 있는데 이것은 깨끗이 제거해야 한다. 이렇게 모은 솔잎은 두 가지 방법으로 가공할 수 있다. 먼저 솔잎을 솥에 쪄서 말리는 방법이다. 찐 뒤에는 그늘에서 잘 말려 보관하고 필요할 때마다 끓여 그 물을 차게 해서 마신다. 또 다른 방법은 솔잎을 잘 씻은 후 설탕에 절이는 것. 솔잎을 깔고 그 위에 설탕을 뿌리고 다시 솔잎 설탕을 한 켜씩 층이 지게 해서 반 년 정도 두었다가 그 물을 뜨거운 물에 타서 식혀 마신다. 설탕보다는 완전

식품이라 할 수 있는 꿀에 재워 두는 것이 더욱 좋은데 해를 넘겨 솔잎이 노랗게 변했을 때 물에 타 충분히 저어주면 찬물에도 잘 풀린다.

마실 때는 색이 짙은 잔보다 백자잔을 쓰면 차의 색이 맑고 투명하여 더욱 운치가 있다. 차를 따르고 두세 알의 잣을 띄우면 운치와 함께 맛을 더한다. 송홧가루 다식과 함께 찻상에 올려 솔잎차를 마신 후에 먹는다. 담소를 즐기기 위해서라면 모를까 솔잎차의 맑고 투명한 성정을 즐기려면 다식을 먹지 않는 것이 보다 격조가 있다. 솔잎의 그 은은한 기운을 오래도록 입 안에 잡아 두기 위해서이다.

내게도 솔잎차처럼 담담한 것 같으면서도 만나면 만날수록 깊은 정이 우러나오는 벗이 있다. 멀리 떨어져 한 해에 몇 번밖에 만나지 못하지만 가족에게도 말할 수 없는 고민을 털어 놓을 수 있는 지기다. 세상이라는 벽이 높아 보일 때면 그 친구를 생각하며 솔잎차를 마신다. 오늘처럼 눈 오는 날이나 외로움에 지쳐있을 때, 시리도록 맑은 겨울 달밤에도 나는 혼자 솔잎차를 마신다. 세상사 잘 풀리지 않아 짜증 날 때 솔잎차 한 잔을 앞에 두고 마음을 고요히 추스려 보라. 홀로 앉아 넉넉한 마음으로 솔잎차를 마시는 동안 머릿속에 얼크러진 온갖 상념들의 매듭이 술술 풀릴 것이다. 차가 식을까봐 조바심을 내거나 노심초사 할 필요도 없다. 부질없는 열정은 어느덧 가라앉고 증오처럼 타오르는 마음의 불길도 그 차가운 기운에 천천히 사위고 말리라. 칼날처럼 차고 맑아 냉정한 이성을 일깨워주는, 철저한 고독의 차가 바로 솔잎 차인 까닭이다.

백아도 동백나무

십여 년 만에 찾아가는 서해의 끝 백아도. 인천에서 덕적도를 거쳐 연안여객선을 갈아타고 더 가야 하는 외로운 뱃길. 온통 하늘과 바다를 휘저어 놓을 것 같은 배멀미 뒤에 발을 딛게 되는 섬.

동백 자생지로 가는 길목에는 전에 울타리를 쳐 놓았었는데 이제는 녹슨 철조망만 어지러이 남아있다. 당시에 풀어놓은 염소가 아직도 2, 30여 마리나 떼를 지어 살아가고 있지만 더 이상 잡을 수가 없어 포기한 상태라고 한다.

그때는 노학자를 모시고 가는 험한 길이라 여간 조심스럽지 않았었다. 왼쪽으로는 천 길 낭떠러지여서 시퍼런 바다가 꿈틀거리고 오른쪽에는 절벽이 병풍처럼 둘러져 있는 벼랑길이었다. 가까스로 찾아간 동백림에는 낯선 사내가 동백가지를 잘라다 염소에게 먹이고 있었다. 마침 봄이라 꽃가지에는 핏빛 꽃송이가 점점이 매달려 있었고, 검정 염소들은 먹을 것이 귀한 바위산에서 동백잎을 게걸스럽게 먹고 있었다. 노학자는 "저렇게 먹어치우면 멀지 않아 이 섬에서도 동백나무는 사라질 것"이라며 걱정을 하셨다.

동백은 생각만 해도 멍든 가슴을 아리게 하는 꽃. 시들어 떨어지는 꽃이라면 조금 아쉬울 뿐이거늘 동백은 꽃다운 나이에 자신을 송두리째 버리는 순교자 같은 꽃이 아닌가. 실바람 한 오라기 없는 어느 겨울 새벽, 하얀 눈 위에 순결이 흘린 선혈을 보았는가.

어느 해였던가. 제주의 시커먼 현무암 위에서 가진 자의 속박에서 벗어나 잘 살아보겠다고 목이 터져라 외쳤던 그들의 피를 보았다. 뚝뚝 떨어진 붉은 아우성이 바위에 생채기를 남기 듯 말라가고 있었다. 가장 총명한 이성으로 절정기를 미련 없이 버리는 희생정신이여. 늙고 병들어 돌아서는 꽃이 아니기에 더욱 안타까운 꽃. 자신의 지친 모습을 절대로 보이지 않으려는 옹골찬 자존심. 날 선 바닷바람에 당당히 맞서는 청춘의 꽃이며 가장 먼저 봄을 알리는 선구자이다.

가난한 갯마을 사람들의 정겨운 벗인가. 동백꽃 소식을 들으면 잊고 있던 고향의 벗을 생각하게 되는 추억의 꽃인 동시에 보릿고개를 떠올리는 서러운 꽃이다. 냉기가 더할수록 앙다문 가슴에서는 뜨거운 기운이 솟구쳐 황금빛 팡파르를 울린다. 하얀 눈을 뒤집어쓰고 다소곳이 고개 숙인 모습은 면사포를 쓴 수줍은 신부이다. 아무도 찾지 않는 바닷가 오두막집. 가난한 어부의 외동딸이 좋아했던 꽃이기에 언제나 위태로운 절벽에서 향기로 자신이 살아있음을 알린다.

　동백은 갯마을 사람들의 생활이요 민속이며 문화다. 옛날에는 종이로 조화를 만들어 의식에 널리 썼다. 고려 때부터 불교의식이나 민속신앙 의식에서 지화紙花를 쓰게 되면서 일반 가정에서도 지화를 장식하는 일이 유행하게 되었다. 조선시대 때 만든 종이꽃을 보면 모란, 국화, 연꽃을 많이 만들었고 매화와 동백, 무궁화, 진달래도 불단이나 제단을 장식하는 데 썼다. 동백은 꽃이 크고 색깔이 선명하여 지화를 만들었을 때 다른 꽃보다 사실감이 있고 만들기도 쉬웠다.

　동백은 인고의 세월을 이겨낸 영광의 상징으로 보고 시화詩畵를 비롯한 수많은 예술작품의 소재가 되기도 했다. 사철 푸른 잎을 하고 있어 불사不死의 대상으로 보았다. 남해 도서 지방에서는 새로 담은 장독에 새끼줄을 걸고 소나무 가지와 동백 가지를 꽂는다. 잡귀와 역질疫疾이 들지 않기를 바라는 뜻이다. 이와 비슷한 풍습은 일본에도 남아있다. 정월달 집 대문 양쪽에 장대를 세우고 새끼로 연결하여 솔가지와 동백가지를 꽂는다. 이러한 장대를 가도마쓰鬼木라 하는데 귀신이 얼씬도 하지 말라는 뜻이리라.

　통째로 떨어지는 그 꽃을 주워 술을 담가 마시거나 찻잔에다 띄울 수도 있다. 또 꽃잎을 찹쌀 반죽에 적셔 전을 부치면 맛깔스런 요리가 된다. 꽃을 쪄서 말린 것을 빻아 가루로 만들면 지혈제로 효과가 좋다. 외상에 뿌리거나 코피 날 때도 쓴다. 동백기름은 기계의 윤활유로 쓰였고, 등불을 밝혔으며, 불에 데었을 때 상처

난 곳에 발랐다.

동백나무를 태운 동백회冬柏灰는 염색할 때 매염제로 썼다. 동백나무 재는 강한 알칼로이드 성분과 철분을 띠고 있어 선명한 붉은색과 보라색을 얻을 수 있다. 동백회는 도자기의 잿물을 만들 때도 쓰인다. 동백회를 진흙물에 섞어 유약으로 쓰면 고운 빛깔의 도자기를 구워낼 수 있다. 저 고려청자의 비취색은 동백회를 섞은 유약 때문에 그토록 고운 빛깔이 드러났는지도 모른다. 청자의 고장 강진에 동백나무가 많은 것도 우연이라고 해야 할까.

하늘을 가릴 듯 무성했던 동백나무는 이제 손을 꼽을 만큼 몇 그루만 남았다. 그것도 어린 개체는 보이지 않고 염소의 입이 닿지 않는 큰 나무만 살아남았다. 겨울에 먹이가 부족한 염소들이 떨어진 가랑잎까지 죄다 먹어 치우고 그도 모자라 거친 조릿대 잎까지 싹쓸이를 한다. 섬에 풀이 자라지 못하니 흙은 빗물에 씻겨 내리고 바위만 남아 점점 백골로 변해간다. 노학자가 걱정하시던 일이 현실로 나타나고 있어 안타깝다.

백아도 동백림 실태조사를 마치고 돌아오는 길에 단 한 그루의 어린 묘목도 발견할 수 없다는 현실이 내 어깨를 짓눌렀다. 세대교체가 되지 않으면 죽음만이 있을 뿐이다. 아기 울음소리가 없는 늙은이만 남은 마을은 희망이 없다.

우리의 삶을 숲이라고 한다면 내게 남은 나무는 몇 그루나 될까. 누군가 날마다 내 숲의 나무를 한 그루씩 벤다면 언제인가 다 사라지고 만다. 저 동백나무처럼.

쾌속선을 타고 백아도를 떠나면서도 자꾸만 섬을 돌아보면서
다짐했다. 이제부터는 내 안에 나무를 심자. 숲을 가꾸자. 그리하
여 남은 삶을 더 아름다운 꽃밭으로 가꾸자고.

곶감

시골에서 소포를 보내왔다. 야무지게 묶은 끈을 풀고 상자를 열자 빛깔도 뽀얀 곶감들이 서로 몸을 기댄 채 가지런히 누워있다. 손가락으로 살짝 눌러 보면 말랑말랑한 것이 아기의 볼처럼 탄력이 있다. 금방 하얀 시설柿雪이 손끝에 묻어난다. 그 손가락을 혀끝에 대면 달콤한 여운이 입안으로 녹아든다.

감을 깎아서 말린다고 다 좋은 곶감이 되는 것은 아니다. 가을 한 철 수확기에 곶감을 말리는 일이야말로 얼마나 고된 일인지 모른다. 밭일로 지친 몸을 이끌고 집으로 돌아오면 방안 가득 쌓여 있는 감. 낮에 따 수북하게 모아놓은 감을 잠자리에 들기 전에 다 깎아야 한다. 시기를 놓치면 감이 물러 홍시가 되기 때문에 곶감을 만들 수 없다.

곶감을 잘 말리기 위해서는 여간 정성을 들여야 하는 일이 아니다. 우선 감을 딸 때부터가 예삿일이 아니다. 옛날에는 장대로 감을 가지째 꺾어서 땄다. 줄을 맨 바구니에 감을 따 담고 가득 차면 아래로 내렸다. 감나무는 수백 년이나 된 노목들이 많았는데 사람이 가지 위로 올라가지 않으면 쉽게 딸 수가 없었으므로 가끔 사고가 나기도 했다. 옛날에는 감나무 목재로 화살촉을 깎았을 정도로 나무가 단단하여 휘는 법이 없다. 시골에서는 떨어져 다치는 사람 중에 감나무에서 사고를 당하는 사람이 많았다. 휘지 않으니 단단한 줄 알고 조금 더 끝으로 다가가다가 가지가 부러진다. 위험을 무릅쓰고 감나무에 올라가 감이 달린 가지를 꺾었으니 비능률적인 작업이 아니었던가.

요즈음은 감을 따는 방법이 많이 달라졌다. 나무에 올라가 가지를 흔들면 약한 꼭지가 부러지면서 감이 떨어진다. 나무 아래서 넓은 천막을 들고 서 있으면 떨어진 감을 깨뜨리지 않고 모을 수 있다. 지금은 껍질을 벗기는 방법도 많이 달라졌다. 모터를 단 꼬챙이에 감을 끼우고 돌리면서 칼날을 대면 껍질이 얇게 벗겨진다. 저녁에 시작하여 자정까지 졸면서 작업을 하다 보면 손을 다치기도 한다. 곶감은 이처럼 어렵고도 힘든 작업과정을 거쳐 맛있는 가공식품이 된다.

전에는 감을 깎아 싸리가지에 꿰어 말렸다. 잘 마른 곶감은 살색을 띠고 색이 선명하다. 이것을 꼬챙이에서 뽑아 한 줄에 열 개씩 열 줄을 한데 묶으면 백 개가 되는데 이 묶음이 한 접이다. 곶감 백 접을 한 동이라 하는데 모두 만 개의 감을 깎아야 한다. 내

고향 상주 감골에서는 보통 한 농가에서 몇 동씩 곶감을 말리기도 하니 얼마나 고된 작업이겠는가.

잘 말린 곶감은 뽀얀 분칠이 되어 있지만 처음부터 시설이 생긴 것은 아니다. 실온에서 갈무리하는 동안 표면에 분이 올라 달콤한 시설柿雪과 시상柿霜이 피어나면서 곶감이 된다. 이것은 감 속의 당분이 겉으로 빠져나온 것이므로 겉면에 시설이 잘 피어야 저장성도 좋고 맛도 훌륭하다. 이러한 곶감이라면 독에 담아서 시원한 곳에 두면 이듬해 여름 풋감이 나올 때까지 저장할 수 있다. 감은 제사상에도 올라야 하는 과일이므로 가을에는 연시軟柿나 침시沈柿를 쓰고 겨울부터 여름까지는 곶감을 제사상에 올린다. 그래서 사철 어느 때고 감을 젯상에 올릴 수 있다.

곶감을 먹을 때는 꼭지를 떼내야 한다. 그리고 꼭지 쪽에 조금 남은 껍질이 있는데 씹으면 딱딱하여 씹는 맛이 덜하다. 입으로 베어내고 마른 과육을 찢으면 단단한 씨가 들어 있다. 감 산지에 따라 씨가 없는 것도 있고 한두 개 정도의 적은 씨가 든 것도 있다. 살점을 씹으면 쫄깃하고 유년의 추억처럼 달콤한 맛이 입안을 적신다. 한 알의 곶감이 얼마나 맛이 있었으면 이름만으로 무서운 호랑이까지 쫓았다지 않는가.

곶감은 씨를 발라내기 쉽지만 같은 감이면서 홍시는 씨와 과육이 쉽게 분리되지 않는다. 어떤 사람은 감씨 때문에 홍시 먹기가 싫다고도 하지만 포도나 수박만큼 씨가 많은 것도 아니고 석류처럼 먹을 것도 없이 씨를 뱉아내는 과일도 아니다. 말랑말랑한 홍시는 그냥 빨아먹어도 좋고 반으로 갈라서 먹어도 된다. 부드럽고 달콤한 과육을 삼키고 나면 입 안에 딱딱한 씨가 남게 마련이다. 먹을 수 없는 씨라고 버릴 필요는 없다. 딱딱한 씨에도 쫄깃거리는 살점이 붙어 있다. 혀끝으로 굴려가면서 조금 붙은 살점을 빨아 먹는 재미가 쏠쏠하다. 홍시를 먹어본 사람이라면 그 묘미를 일찍부터 터득했으리라.

시럽 상태의 홍시는 잘 터지지만 곶감은 휴대할 수 있어 어디든 갖고 다니면서 간식으로 먹을 수 있다. 곶감을 먹을 때마다 풍성한 가을을 함께 삼킨다. 졸음에 겨워 몇 번이나 손가락을 벤 아버지의 아픔도 함께 먹는다. 감 따려다 나무에서 떨어진 삼촌은 언제나 꾸부정한 모습이다. 그 고된 삶의 한숨도 곶감 속에 배어 있으니 결코 단맛만은 아닐 터이다. 그러나 내 의지와는 달리 실제 곶감을 먹으면 달다고 아니할 수 없다.

아직도 이렇게 감을 깎아 말려 보내주시는 누님이 있어 나는 누구 부럽지 않은 부자다. 힘든 노동을 할 수 있는 건강한 누님을 생각하면 고맙기도 하고 한편으로는 가슴에 안개가 피어오른다. 누님은 지난 가을부터 초겨울까지 내내 감을 깎고 말리는 일에 매달려 왔다. 손가락은 언제나 감물이 들어 하루도 깨끗한 날이 없었겠지.

어릴 때는 감물에 젖은 아버지의 손이 싫었다. 외출이라도 하는 날이면 댓돌에 손바닥을 문질러 감물에 젖은 때를 씻어내는 아버지가 정말 싫었다. 그렇다고 깊이 스며든 때가 씻어지겠는가.

여느 아버지들처럼 우리 아버지의 손도 하얘지기를 바랐지만 손톱 속까지 스며든 까만색은 언제나 그대로였다.

곶감을 먹을 때마다 아버지의 감물든 손이 생각나 목이 메고, 감따러 높은 나무에 올라갔다가 떨어진 삼촌의 구부러진 등을 생각하면 눈물까지 함께 먹어야 한다. 이제는 감을 깎았던 두 분 모두 세상에 안 계시는데 아직도 곶감을 보내주시는 누님이 있어 그 맛을 잊지 못하고 있다. 곶감 한 알 한 알마다 비와 바람과 햇볕이 스며 부풀고 빛깔이 붉게 물들었다. 게다가 감나무를 가꾸고 감을 깎아 곶감이 되기까지 눈물겹도록 힘들게 일한 분들의 고마움을 잊을 수 없다.

다시 곶감 하나를 집어 하얀 시설을 혀에 대 본다. 달콤한 향기와 함께 솜사탕처럼 감미가 녹아든다. 세상이 달라졌어도 곶감은 아직도 유년의 맛을 그대로 간직하고 있다.

담쟁이와 새삼

　나무들이 자라는 동산에도 나름대로 사회라는 것이 있다. 식물마다 살아가는 방법이 달라서 때로는 경쟁하기도 하고, 어떤 것은 서로 도우며 지낸다.

　대부분의 나무는 주어진 환경을 탓하지 않는다. 사람들이 자신의 잘못도 조상 탓이라고 돌리는 것에 비하면 착하기 그지없다. 그러나 같은 덩굴식물이면서 담쟁이와 새삼은 생육 특성이 너무나 다르다.

　담쟁이는 남들이 꺼리는 척박한 황무지에서 자란다. 아무도 거들떠보지 않는 자갈밭에서 한낮의 작열하는 태양과 바위가 토해내는 복사열, 그리고 밤의 추위를 이겨내며 꿋꿋하게 버틴다. 인간사 아귀다툼이 싫어 심산에 묻혀 사는 수도승 같다고나 할까.

다른 나무와 풀이 범접할 수 없는 바위 절벽까지도 망설이지 않는 개척 정신의 소유자이다. "저 곳에 산이 있기에 산을 오른다."는 어느 알피니스트의 말처럼 종착점도 없는 암벽을 오르고 또 오른다.

담쟁이가 절벽이나 벽돌담만을 기어오르는 것은 아니다. 때로는 이웃에 버티고 선 거목에게 자신의 초라한 모습을 의지하기도 한다. 그러나 분수를 지켜 절대로 가지 끝까지 오르는 법이 없다. 은혜를 아는 의리의 덩굴식물이다.

속절없이 계절이 바뀌어 첫 서리 내린 어느 아침, 온몸을 붉은 빛으로 물들이고 가을을 맞이한다. 몸은 뜨거워도 고독으로 다져진 마음은 아직 냉정을 잃지 않았는가. 마음속 깊은 곳에 묻어 둔 사연들이 알알이 맺혀 흑진주 같은 열매로 여물었다.

담쟁이에 비해 새삼은 얌체 같은 족속이다. 땅에서 태어났지만 자라면서 가느다란 줄기를 이리저리 휘저어 본다. 그러다가 양분을 빼앗을 기주식물寄主植物이 있으면 금방 달라붙어 흡혈귀처럼 수액을 빤다. 새삼은 잎도 없고 뿌리도 없다. 남을 위해서는 물론 자신을 위해서도 단 한 방울의 양분도 만들지 못한다. 꽃이 피고 씨가 여물 때까지 남의 것을 빼앗아 살아가는 도둑의 숙명을 타고났다.

거머리마저도 물고기의 살점에 붙어 배불리 피를 빨면 저절로 떨어지지만 새삼은 죽을 때까지 줄기를 놓지 않는다. 자신이 태어난 과거를 지워 버리기 위해 스스로 뿌리 쪽 줄기를 자른다. 그

때부터 고고한 천상 생활을 시작한다. 결국에는 이웃의 다른 나무로 옮아가면서 주위의 식물까지 죽이고 그 위에서 제 세상인 양 활개를 친다. 더러운 빈민촌에서 태어나 갖은 못된 짓으로 재력과 권력을 쥔 사람이 자신의 과거를 숨기고 거드름을 피우는 것과 같다.

식물 세계에서 본다면 가장 비열한 존재임에 틀림없다. 땀 흘려 일하지 않고 사는 새삼으로서는 오히려 담쟁이가 무능력자로 보일 수도 있다. 사는 요령을 모르는 한심한 놈이라고 얕잡아 볼지도 모른다.

사람 사는 마을에도 담쟁이처럼, 또는 새삼처럼 사는 이들이 있다.

빛바랜 단풍잎

묵은 짐을 정리하다가 잃어버린 추억 한 자락을 얻었다. 책갈피 속에서 떨어진 빛바랜 단풍잎 한 장. 어린 시절의 아련한 추억이 묻어난다. 검붉은 색이지만 여느 단풍잎 보다 조금 작아서 앙증맞다. 서른 해가 더 지난 오늘날에도 찢긴 상처 하나 없고, 아홉으로 갈라진 손바닥꼴 잎은 가장자리에 자잘한 톱니가 있다. 두 장의 잎이 헤어지기 싫은 듯 미라가 된 팔을 서로 맞잡고 있다. 잎자루를 집어 가만히 코끝에 대 본다. 얇은 잎사귀는 비좁은 책 갈피에서 숨도 제대로 쉬지 못하고 갇혀 지내다 휴- 하고 심호흡을 하는 것 같다. 알싸한 세월의 향기다.

가을은 단풍이 있기에 더욱 화려하다. 금수강산이란 단풍든 산야를 두고 이르는 말인지도 모른다. 자신의 내면세계를 돌이켜 보게 하는 계절이어서 가을이 좋다. 자세히 보면 단풍도 잎사귀마다 색깔이 서로 다르다. 아기의 엉덩이 같이 해맑은 살빛인가 하면 수줍은 소녀의 뺨이고, 취기 어린 먼로의 입술이요 농익은 수박 속이다. 세상의 붉은색이란 붉은색은 죄다 모아도 한 그루의 단풍나무를 꾸미기 어려울 것 같다. 단풍의 붉은 빛은 햇빛에 비쳐 보아야 곱다. 햇살을 통해 보는 밝은 빨강은 자연이 익힌 맛깔스런 농염濃艶이다. 엽맥이 실핏줄처럼 선명하여 그물을 씌운 색유리 스탠드를 켠 것 같다. 오미자에 물들인 세모시보다 곱고 고추잠자리의 고운 날개보다 가볍다. 가슴으로 보듬기 벅찬 밝음. 그대로 쏟아져 내리면 수녀의 마음까지 물들이게 될 포도주 빛이다.

예로부터 단풍나무는 동양인이 좋아했던 삼대 관상수였다. 소나무 대나무와 함께 단풍나무가 우거진 작은 동산은 자연에 귀의하고 싶은 선비들의 마음의 고향 같은 것. 소나무와 대나무가 겨울의 나무라면 매화, 단풍나무는 봄과 가을의 나무다. 이런 나무들이 정원에서 서로 어우러져 사계절을 한 자리에 펼쳐 놓는다. 무릉도원이 따로 없다. 신선이 사는 선계가 바로 여기다.

한漢 고조高祖는 단풍나무를 유난히 좋아했다고 한다. 그가 얼마나 단풍나무를 좋아했는지 궁궐을 온통 단풍나무로 채웠을 정도였다. 그래서 사람들은 황제가 집무하던 궁을 '단풍나무 궁궐楓宸'이라 불렀다. 해마다 가을이 되어 단풍이 곱게 물들면 궁궐에서 큰 연회를 열고 문무백관과 함께 단풍놀이를 즐겼다. 그때 심은 단풍나무들은 오래도록 무성했다.

단풍나무를 한자로 나무 목木변에 바람 풍風자를 더해 단풍 풍楓으로 쓴다. 단풍나무의 열매가 프로펠러처럼 생겨 바람을 타고 멀리 날아가기 때문에 풍風자와 목木자를 합쳐 풍楓으로 만들었는지 모른다. 아니면 나뭇잎은 찬바람이 불어야 비로소 붉게 물들기 때문에 단풍丹楓이라 했을까.

우리나라의 금강산은 단풍이 유난히 아름다운 산이다. 그래서 가을의 금강산을 풍악楓嶽이라 하는지 모른다. 금강산의 사계 중 봄을 금강金剛, 여름에는 봉래蓬萊, 겨울을 개골皆骨이라 하지만 금강산을 가장 잘 표현한 말은 역시 풍악이다. 옛 선비들은 단풍철이 되면 그 빼어난 경치를 보기 위해 먼 길을 떠났다. 서늘한 바람이 일렁이기 시작하면 전라, 경상도에서도 풍악산의 단풍을 즐기기 위해 길을 재촉했다. 말을 타고 심부름하는 아이와 함께 며칠씩 걸려 금강산을 찾아가 시를 짓고 그 아름다운 풍경을 화폭에 담았다. 서민들의 애환이 담긴 조선시대의 가사문학에도 풍악의 단풍을 노래하고 있다. 단풍 구경 갔다 오는 사람과 이를 부러워하는 사람과의 대화체로 구성된 노래이다.

저기 가는 저 길손 말 물어 보세.
가을의 풍악楓嶽 곱던가 밉던가.
곱고 밉기 전에 아파서 못 놀겠소.
가지 마오. 가지 마오. 풍악엘랑 가지 마오.
온 산에 불이 붙어 살을 데고,
오장이 아파서 못 놀겠소. 못 놀겠소.

단풍으로 불이 붙은 것 같은 금강산에 가면 온몸에 화상을 입는다고 했다. 붉은 단풍으로 눈이 부시다 못해 온몸을 데일 것 같다고 했으니 얼마나 멋스런 과장법인가.

캐나다에서는 벽난로용 연료로 단풍나무 장작을 최고로 친다. 화력이 좋고 연기가 나지 않으며 그을음이 없기 때문이다. 또 파르스름한 불꽃의 색깔이 아름답고 타고남은 재의 흰색이 곱다. 더구나 장작을 태우면 향기가 좋아 귀한 손님이 오셨을 때는 반드시 단풍나무 장작으로 불을 지핀다.

내 기억 속에는 또 하나의 단풍이 있다. 대학 시절 존경하는 교수님께서 파리 여행 기념이라며 준 마로니에 잎 한 장이 그것이다. 몽마르트르 거리에서 주운 노란 마로니에 단풍. 그 마로니에 잎을 유리 액자에 넣어 하숙방 벽에 걸어두고 찾아온 학우들에게 자랑했다. 당시에는 그림을 그린답시고 예술가인 양 떠들고 다니던 부끄러운 때였다. 예술의 도시 파리를 동경했고 유럽 문화에 호기심이 남달랐던 철없던 시기였다고나 할까. 그 나뭇잎 한 장에 존경하는 노화백의 채취가 배어있기라도 하듯 소중하게 여겼다. 그렇게 아꼈던 나뭇잎을 어떻게 했는지. 내게 삶의 길을 가르쳐 준 노스승도 이제는 낙엽처럼 떠나셨다.

고교 시절 〈솔베이지 송〉을 잘 불렀던 소녀가 준 《하이네 시집》. 그 때의 책이 아직 남아있다는 사실도 벅찬 감동인데 단풍잎까지 갈피에 그대로 끼어 있다니. 빛바랜 잎사귀 하나이지만 내게는 특별한 의미가 있어 보물 하나를 찾은 듯 반갑기 그지없다. 마른 단풍잎에서 그녀의 가느다란 손가락을 본다. 손톱에 봉숭아물을 들인 그 소녀는 분홍색 조각달이 첫눈 올 때까지 남아 있어야 소원이 이루어진다고 했다. 그녀의 바람은 무엇이었을까. 그녀도 이제는 어머니가 되어 딸에게 봉숭아물을 들이고 있겠지.

만추의 서정을 간직한 가을 산은 빛바랜 잎사귀로 하여금 우리를 향해 손짓한다. 가을 빛깔을 통해 또 한 해를 되돌아보게 한다. 떨어지는 이파리를 두고 '떠날 때를 알고 돌아서는 이의 뒷모습은 아름답다'고 했던가. 떨어진 잎은 잎대로 가치가 있다. 오대산 월정사에서 상원사에 이르는 이십 리 단풍 길은 가을 나그네의 고독한 마음에 향기를 뿌린다. 혼자 걷는 동안 쓸쓸하다던가 고독이라던가, 사랑, 열정, 희망과 절망을 뛰어넘는 용기와 지혜를 스스로 깨우치도록 한다. 초라한 가지에 매달린 마지막 단풍잎이 세기말의 가을을 아쉬워하며 떨고 있다. 가엾은 잎사귀가 오히려 우리를 향해 손짓으로 외친다. 그래도 희망과 용기를 가져 보라고. 인생의 실패에서 오는 좌절, 불행의 멍에를 짊어졌다고 생각되는 사람들 또한 산으로 오라. 삶에 지친 영혼을 맑게 씻어 주는 범종 소리가 있고 언제나 우리를 포근히 감싸주는 자연이 기다리고 있다며 작은 손을 무수히 흔든다.

그래서 만추의 단풍은 또 다른 매력으로 다가와 나그네의 마음을 추스르게 한다.

사랑을 가득 담은 바가지

아직도 바가지의 쓰임새가 있는가 보다. 얼마 전 큰누님께서 어디 커다란 박이 있으면 씨를 좀 얻어다 달라고 하셨다. 내가 식물 조사를 한다며 전국의 산과 들을 쏘다닌다는 이야기를 듣고 커다란 옛날 박씨를 구해줄 것을 부탁한 것이다. 요즈음 그렇게 큰 박이 어디 있을까마는 구해 보겠다는 대답을 할 수밖에 없었다.

나이가 들어가면서 형제들의 얼굴이 아버지를 닮아가더니 누님들의 얼굴 모습은 차츰 어머니의 눈빛으로 익어간다. 더욱이 돌아가신 어머니 모습을 그대로 띠고 있는 큰누님은 해를 거듭하면서 등이 구부러져 뵐 때마다 괜히 눈시울이 뜨거워진다.

박꽃 앞에서는 죽음이라는 말이 먼저 떠오른다. 어린 시절에 본 이웃집 할머니의 죽음과 그날 지붕에 올라가 흰 무명저고리를 들고 외치던 아저씨의 쉰 목소리와 벌거벗은 박 덩이가 기억 속에서 나를 놓지 않고 있다.

박꽃은 아무도 보지 않는 밤에 홀로 피어 먼동이 틀 때면 이미 사라질 준비를 한다. 모란처럼 꽃이 크지도 않고 장미처럼 빛깔이 화려한 것도 아니다. 그저 눈에 띄지 않는 시골 아낙처럼 수더분한 흰빛이다. 박꽃은 초가지붕에서 피어야 제격이다. 기와 위에서 자란 박은 동그란 모양이 되지 못한다. 모양 좋은 박이 열렸을 때를 위해서라도 초가지붕에 올려야 하고 달빛에 비춰보는 꽃빛이어야 곱다. 햇빛 아래서는 붉은 봉숭아, 맨드라미가 더 곱겠으며 장미가 더욱 향기롭다.

흰빛 박꽃은 다른 모든 꽃들이 빛을 잃은 달밤에 피어 그나마 운치가 있다. 흰색은 모든 빛깔의 어머니 같은 색이다. 시리도록 푸른빛이 도는 흰색 박꽃이야말로 달밤에 홀로 살아있다. 요즈음 세태는 실속보다 허울을 우선으로 여긴다. 박의 경제적 가치가 밀려나고 작은 표주박을 심어 관상가치를 쫓다 보니 커다란 그릇을 얻을 수 있는 박이 사라졌다. 자루가 긴 작은 박을 비롯하여 호리병 모양의 조롱박, 동그랗고 앙증맞은 조롱박, 길이가 막대기처럼 긴 것을 즐겨 가꾼다. 커다란 박 속에 복이 가득 들어있다는 그 흥부의 박은 좀처럼 찾을 수 없다. 박을 톱으로 설렁설렁 썰어 두 쪽으로 쩍 갈라놓고 박속을 긁어 나물로 했던 옛 맛은 사라진 지 오래다. 박속도 먹고 바가지도 얻었던 그 유용한 식물은 우리 곁에서 멀어졌다.

박을 다시 심겠다고 하신 누님의 뜻이 고맙기도 하고 그런 식물자원을 나 같은 사람이라도 보존할 수 있다면 또한 보람된 일이지 싶었다. 그러나 큰 박의 종자는 전국 어디에서도 찾을 수 없었다. 중국 여행길에 한 번 찾아보겠다는 생각을 간직한 채 몇 해가 지나고 말았다.

그 옛날 우리 어머니들은 해마다 헛간 지붕위에 박 넝쿨을 올리고 담장에도 박이 열리도록 했다. 호박이야 식량 대신이었지만 사실 박은 먹기 위해 심기보다 바가지라는 그릇으로 쓰기 위해 가꾸었다. 작은 것은 간장독에 띄워 장을 뜨는 데 썼고, 조금 큰 바가지는 주렁주렁 실에 꿰어 들에 나가서 밥그릇으로 썼다. 가볍기도 하거니와 갖은 나물을 넣고 보리밥을 비벼먹는 비빔밥의 맛이야말로 시골의 맛이다. 제대로 자라면 한 아름이나 되었는데 이런 것은 쌀 씻는 함지박으로 썼다. 아침에 큰 바가지에 밥을 퍼 담고 베보자기를 덮어 빨랫줄에 매달아 두면 저녁까지 쉬지 않았다. 오히려 바가지가 습기를 빨아들여 밥이 고슬고슬한 것이 금방 지은 것처럼 맛깔스럽다.

박은 잘 익은 것이어야 그릇으로 쓸모가 있다. 하지 전에 달린 것이 딱딱한 나무처럼 익기 때문에 일찍 심어야 한다. 그렇다고 덜 익은 박을 버리는 것은 아니다. 손톱으로 눌러 보아 자국이 남지 않을 정도로 단단한 것이 좋겠지만 덜 익은 것은 가르지 않고 그대로 솥에서 쪄낸 뒤 씨를 빼고 말리면 그런대로 그릇이 된다. 이처럼 둥근 공 모양의 박은 위쪽에 작은 구멍을 뚫고 씨앗을 보관하는 그릇으로 쓸 수 있다. 지금은 시골에서도 처마에 매달린 씨앗 그릇을 볼 수 없으나 옛날에는 집집마다 씨앗을 담은 박이 걸려 있었다. 바가지는 깨어지기 쉬운 그릇이어서 오래도록 쓸 수 없었다. 쪼개진 바가지라고 해도 버리기는 아까워 바늘로 꿰매서 마른 그릇으로 쓰기도 했다.

어린 시절 어머니가 출타하시면 열대여섯 살 큰누나가 어린 동생들을 돌보는 틈틈이 집안일을 도맡았다. 그날도 누나는 저녁 준비를 하느라 분주했다. 보리쌀 바가지를 가지고 마당의 우물가로 가야 했는데 한사코 말리는 누나를 뿌리치고 내가 바가지를 들었다. 누나가 설거지그릇을 들고 앞서가고 나는 바가지를 들고 뒤따라가다가 살얼음을 밟아 넘어지고 말았다. 그래서 깨어진 바가지를 보고도 누나는 내가 다치기라도 했을까 그것만을 걱정했다. 저녁에 어머니가 돌아오셨을 때 누나는 자신이 잘못하여 바가지를 깨뜨렸다고 말했다. 혼자 야단을 맞으면서도 끝까지 나를 감싸주었다.

뜨거운 음식을 잘 먹지 못하는 나를 위해 누나는 바가지에 칼국수를 담아 찬 물에 식혀 주느라 제때에 식사를 할 수 없었다. 어쩌다 이웃집에서 찐 고구마 한 개라도 얻으면 그것을 먹지 않고 손수건에 싸 갖고 와 내게 주었었다. 껍질을 벗겨내고 어린 동생에게 먹여 주면서 누나는 고구마를 좋아하지 않는다고 했다. 그러면서도 양분이 많다며 얇은 고구마껍질을 씹은 큰누나. 지금 생각하면 얼마나 철없었던 어린 시절이던가.

박을 보면 큰 누님의 둥근 얼굴을 보는 것 같아 마음이 아리다.

박 요리는 누님의 손길처럼 그저 덤덤하면서도 깊은 맛이 있다. 박나물은 양념을 너무 짜게 하거나 맵게 해서는 안 된다. 담백한 맛이기에 지나친 양념을 하면 식재료가 갖고 있는 원래의 맛을 느낄 수 없다. 덜 익은 박을 껍질을 벗기고 잘게 썰어 찌고 소금으로 간을 한 뒤 참기름 한 방울이면 그만이다. 미식가라면 제비집이나 상어지느러미, 죽순, 달팽이 같은 식재료를 빼지 않을 것이다. 이러한 식재료가 어디 맛이 있던가. 향기로운 향신료를 만나 기막힌 요리가 된다. 박나물 또한 미식가만이 진정한 맛을 느낄 수 있으리라.

박은 호박처럼 달고 과육이 많은 것도 아니다. 저장하여 겨우내 먹을 수 있는 과채도 아니다. 오이처럼 싱싱한 맛도 아니고 수박과 같이 단맛이 푸짐한 열매는 더욱 아니다. 그저 껍질을 벗기고 길게 썰어 울타리에 매달아 하얀 박고지를 만들 뿐이다. 그런 박을 누님께서 심겠다고 하셨다.

마침 수초를 둘러보기 위해 해남의 얕은 개울가를 지나다 어느 밭둑에서 한 아름이나 되는 박을 찾았다. 첫눈이 간간히 날리는 추운 날이었다. 그 박을 얻어 서울까지 왔고 집에서 반으로 갈라 씨를 빼냈다. 이듬해 누님께 보낸 박씨에서 자란 열매가 익어 한 아름이나 되는 바가지로 돌아왔다. 그 바가지 속에는 곱게 접은 종이학과 함께 동생을 아끼는 누님의 사랑이 가득 담겨 있었다.

이 바가지에 보물을 가득 담아 보냈으면 좋겠지만 대신 행복을 바라는 마음을 보낸다. 부디 행복하렴….

누님의 바가지는 우리 집 거실 벽에 걸려 빙그레 웃고, 아이의 방에도 넉넉한 공간을 치지하고 미소를 짓는다. 보름달만큼이나 커다란 행복이 주저리주저리 열릴 날을 기대해 본다.

살구나무

시골집을 지키는 늙은 살구나무는 올해에도 많은 열매를 달고 있겠지. 그 살구나무가 언제부터 제자리를 지켜 왔는지 아무도 모른다. 할아버지 때부터 살구를 따 먹었다고 하니 나이가 백 살도 넘었을 게다.

마을에서 가장 먼저 봄을 알리는 나무. 산골짜기에 얼음이 채 녹기도 전에 가지에서는 빨간 꽃봉오리가 올망졸망 부풀어 올랐다. 어디서 날아왔는지 많은 산새들이 헤집고 다니면서 꽃봉오리를 따 먹었다. 아침과 저녁에 주로 찾아오는 산새들이 떠나고 나면 가엾은 꽃봉오리가 지면에 널브러져 있게 마련이었다. 나는 새들이 미웠다. 꽃이 떨어지면 살구가 적게 달린다고 믿었던 때문일까. 그래서 새들이 날아오면 장대를 휘저으며 쫓았다. 새떼는 저만큼 달아났다가 다시 날아왔다. 그러면 더욱 거세게 장대를 휘두르며 살구나무 주위를 돌면 이번에는 새들이 감나무 꼭대기로 날아가 이쪽의 눈치를 보곤 했다.

내 행동이 우스웠던지 송골할배가 웃으시며,

"배고픈 새들도 먹어야 하니 그냥 둬. 저 놈들이 꽃봉오리를 속아 주어야 여름에 큰 살구가 달리거든. 좋은 일을 하는 새들이란다."

그래도 송골할배의 말 뜻을 잘 몰랐으므로 새 떼가 밉기만 했다. 며칠을 새들과 씨름을 하던 끝에, 개구리가 요란하게 울기시작하면서 새들이 찾아들지 않았다. 살구꽃이 온통 구름같이 부풀었다.

그해에도 송골할배는 살구가 채 익기도 전에 서둘러 떠나셨다. 내가 잠을 깨기도 전 새벽에. 송골할배는 대구인가 부산에서 일을 한다고 하셨다. 몇 달 만에 한 번씩 집에 올 때는 식빵이며 마른 빵 부스러기 같은 것을 한 자루씩 메고 오셨다. 어디서 어떻게 모았는지 빵 조각들은 딱딱하게 말라 있었다. 누나와 함께 그 빵 조각을 물을 적셔 다시 찌면 맛이 좋았다. 또 어머니는 빵부스러기와 국수 같은 것을 함께 넣고 김치를 썰어 넣어 죽을 쑤어 주셨다. 그러면 겨울의 점심 한 끼를 대신할 수 있었다.

내가 철 들 때까지도 송골할배가 우리 친 할아버지인 줄만 알았다. 나중에 안 일이지만 나는 어릴 때 몸이 너무 쇠약하여 잔병치레가 많았다. 어느 때인가 볼거리로 몸이 불덩어리인 채 헛소리를 하면서 사경을 헤매고 있었다. 지나던 박물장수 할머니가 보시고 아이의 명이 다했으니 혼백이라도 살리려면 불쌍한 노인에게 팔라고 하셨다. 그래서 어머니는 밤중에 이웃마을까지 가서 송골할배를 우리 집으로 모셔와 사랑채에 머물게 했다고 한다.

송골할배는 고향이 이북이라는 것밖에 이름도 가족도 아무도 아는 사람이 없었다. 어쩌다 전쟁이 끝나고 피난살이 끝에 이 고장까지 찾아들어 이 집 저 집 허드렛일을 해 주고 연명하셨다. 더구나 작은 체구에 다리까지 저는 노인이 농촌에서 할 수 있는 일은 많지 않았다.

송골할배는 아침이면 일찍 집을 나가 저녁 늦게 돌아오셨다. 이웃 마을 잔칫집에서 오는 길이라며 얼큰하게 취해서 오시면 가장 먼저 나를 불렀다. 그리고는 주머니를 풀어 떡이며 유과 같은 것들을 꺼내 주셨다. 할배가 주는 음식과 과자를 누나들이 부러운 듯 지켜보면 다른 주머니에서 또 떡을 꺼내 나누어 주시곤 하셨다.

그해 가을인가. 몇 달만에 오신 할배는 전보다 많은 과자며 마른 빵을 가득 담은 자루를 마루에 내려놓으셨다.

"우리 손주가 내년이면 학교에 가지. 이 할애비가 책가방을 사왔단다."

할배가 사온 책가방은 두꺼운 국방색 천막으로 만든 것이었다. 등에 메도록 양쪽에 넓은 멜빵이 달려 있었다. 가방 안에는 양철 필통이며 연필과 지우개, 공책까지 들어 있었다. 나는 그 가방을 메고 동네 골목을 뛰어 다니며 또래들에게 자랑했다.

할배는 살구나무를 쳐다보시며

"그래 올해 살구 많이 달렸더냐?"

"무지하게 열었어요. 우리끼리 다 먹었는데 이제 오시면 우째요."

"할애비도 대구에서 살구, 복상 마이 묵었다."

"할배 인자 대구 안 가실 거죠. 여기서 같이 살아요."

"오냐 이리 와 보거래이. 살구나무에 키 좀 재 보자. 아따 마이 컸네. 학교 가도 되것다."

송골 할배는 내 머리 보다 조금 위에 낫으로 금을 그으며

"니 키가 요기까지 닿는 내년 봄에 올까. 우리 손주 학교 입학하는 거 봐야지."

그렇게 약속을 하고 떠난 송골할배는 다시는 돌아오지 않았다. 살구꽃이 몇 번이나 피었는지 헤아릴 수 없는 세월이 지난 지금까지 소식이 없다. 어머니는 돌아가시는 날까지 송골할배가 니 목숨을 살려준 은인이라며 유언처럼 말씀하셨다.

살구나무는 아직도 해마다 연분홍 꽃을 피우고 많은 열매를 매단다. 송골할배에 대한 내 기억도 키를 재었던 그 표식처럼 점차 희미해져 가고 있다. 지금도 우리 집 제사상에는 할아버지 신주가 두 분이다.

때죽나무

암자로 가는 길은 한적해서 좋았다. 겨울로 치닫는 날씨에 그토록 곱던 단풍이 거의 떨어졌지만 가지 끝에 매달린 마지막 나뭇잎도 정겹고 낙엽을 밟는 소리 또한 즐거웠다.

한참을 걷다 보니 꽃향유가 가냘프지만 돌 틈에 몇 송이 고개를 내밀고 있었다. 길섶의 풀들은 절에서 한 제초 작업으로 줄기가 잘려져 있었다. 꽃향유도 그루터기에서 새로 돋아난 싹에 꽃을 피우느라 늦은 모양이었다.

얼마를 걷지 않았는데도 수크령이며 진득찰, 도깨비바늘 같은 풀씨가 바지에 잔뜩 달라붙었다. 이것들을 떼어 낼 겸 바윗돌에 앉아 쉬다 보니 갑자기 외롭다는 생각이 들었다. 가을이 깊은 탓일까? 주위에는 아무도 없고 산새 소리조차 들리지 않았다. 사람의 감정처럼 변하기 쉬운 것도 없는가 보다. 조금 전까지 만해도 한적한 것이 좋았었는데, 고요한 숲길을 걷다 보니 잎이 진 나뭇 가지며, 낙엽이며, 이끼 낀 바위 같은 것도 외롭게 느껴졌다.

암자는 그곳에서도 한참을 더 올라가야 했다. 그만 되돌아갈 까 망설였지만 온 길이 아까워 발길을 재촉했다. 계곡에 걸린 좁 은 돌다리를 건너 가까스로 도착한 암자에는 사람이라곤 그림자 도 보이지 않았다. 텅 빈 마당을 지나 뒤뜰 약수정이 있는 곳으로 갔다.

요사채를 돌아간 곳에 깡마른 노스님이 등을 돌린 채 앉아 있 었다. 헛기침을 하면서 다가갔으나 뒤돌아 볼 생각도 않았다. 스 님 곁으로 가

"날씨가 참 좋습니다. 스님!" 하고 인사를 건넸다. 그러나 쳐다 보지도 않고

"어디서 오셨소."

짧은 한마디 뿐이었다.

"서울에서 왔습니다."

지난해 여름에도 한번 왔었는데 이 계곡이 너무 좋아 다시 찾 아왔노라고 했다.

"좋으면 뭘 해. 나도 떠나야 할 때가 된 것 같소."라며 산문에 사 는 선승 특유의 어투로 말했다.

쪼그리고 앉은 스님의 무릎이 어깨 위로 올라와 있었다. 멍석 에는 하얀 열매가 가득했다. 때죽나무 열매가 아니냐고 물었다. 그렇다고 했다. 옛날에는 머릿기름으로 썼다지만 스님이 어디다

쓰시려고 그러시느냐고 물으니, 손발이 터졌을 때 발라 주면 그 저 그만이라고 했다.

때죽나무 열매는 참 오랜만이었다. 어릴 때는 때죽나무 씨를 주워 맷돌에 갈아 속에 든 굳기름 덩어리를 꺼냈다. 때죽나무 기름등잔 밑에서 할머니는 바느질을 하셨다. 그러나 바늘귀를 찾지 못해 늘 고생이셨다. 그때마다 나는 실을 꿰어 드렸다. 그러면 할머니는 가끔씩 다락방에서 곶감을 몇 개 꺼내 주시는 것이었다. 그리고 그 곶감을 먹으며 할머니의 옛날이야기를 듣곤 했다.

때죽나무 열매를 먹었던 기억은 없다. 독성을 가졌다는 사실을 안 것은 훨씬 뒤의 일이다. 때죽나무는 여인과 관계있는 나무이다. 요새는 온갖 화장품이 다 나와 멋쟁이 여인들의 요구를 만족시켜 주지만 화장품이 귀했던 옛날에는 때죽나무 기름도 좋은 화장품의 하나였다. 할머니가 새댁 시절에는 해마다 가을이면 이 열매를 줍기 위해 시어머니 눈치를 보아야 하셨단다.

때죽나무 열매 기름에 팥가루를 섞으면 훌륭한 화장품이 되었다. 저녁에 마을 부녀자들이 모여 예로부터 전해 내려오는 비법대로 화장품을 만들었다. 그렇게 정성 들여 조제한 한방 화장품을 장롱 깊숙이 감춰 두고 몰래몰래 사용했다. 옛 여인들은 화장이란 숨어서 하는 것으로 여겼다. 남편이 사랑에서 책을 읽을 때나 시어머니가 잠든 틈을 타 숨겨 둔 화장품을 꺼내 몰래 화장을 했다고 한다.

때죽나무의 흰 꽃은 가느다란 꽃자루 끝에 아래를 향해 매달린다. 나무 밑에서 그 꽃을 쳐다보고 있으면 무수히 많은 은빛 종들이 흐르는 향기 따라 일제히 울리는 것 같다. 통꽃이면서도 통꽃이 아니고, 그 끝은 별 모양으로 갈라져 있어 밤하늘의 모든 별들을 가지에 매단 것 같다. 꽃이 지고 난 후에 달린 열매를 쳐다보는 것도 재미있다. 마치 무수히 많은 진주 귀고리 같이 보이기 때문이다.

겨울나무로 눈에 띄게 아름다운 것을 든다면 흔히 팽나무, 느티나무, 느릅나무, 소사나무, 서어나무 등을 꼽는다. 그러나 때죽나무만큼 아름다운 것도 흔치 않을 것이다. 잔가지에 눈이라도 쌓일 때면 기막힌 아름다움을 연출한다. 가느다란 가지는 찬 겨울바람에 쇳소리를 내며 몸을 떤다. 숲의 찬 기운은 산 정상으로부터 내려와 계곡에 선 때죽나무의 섬세한 가지 사이를 지나 마을로 내려온다. 때죽나무 가지는 바람을 고르는 빗살이다. 눈보라를 동반한 겨울바람의 횡포도 가지 사이를 요리조리 빠져 나오는 동안 부드럽게 길들여지고 말기 때문이다. 그래서 눈 온 날은 가난한 산골 마을도 포근하다. 맑고 푸른 겨울 하늘을 배경으로 하고 서 있는 때죽나무의 나목은 한결 아름답다. 겨울 때죽나무의 운치를 모르고서는 때죽나무를 말할 자격이 없다고 한다면 좀 지나친 말일까.

골짜기를 거의 내려와 공사장 있는 곳까지 갔더니 주위가 온통 진흙 투성이였다. 나무줄기며 풀들이 진흙을 뒤집어쓰고 있어 황량하기 그지없었다. 계곡으로는 수많은 나무들이 모조리 베어져 껍질이 벗겨지고 가지가 잘린 채 허연 속살을 드러내고 누워 있었다. 가지에 하얀 열매를 가득 매달고 있는 것이 모두 때죽나무였다. 오솔길을 통해 산을 오를 때는 그토록 조용하던 계곡이 찻길로 내려오니 공사장의 중장비 소음 때문에 귀를 막아야 할 정도였다. 암자로 가는 갈림길 아래쪽도 모두 파헤쳐져 있었다. 골프장을 만든다는 것이었다.

고기 굽는 냄새와 세상살이의 소음이 싫어 혼자 산사에서 사신다던 노스님, 이제 이곳마저도 떠나야 할 때가 된 것 같다던 스님의 한숨 섞인 말씀이 산을 내려오는 동안 자꾸만 귓가에서 맴돌았다.

장아찌와 단무지

단무지처럼 이름이 맛깔스러운 식품이 또 있을까. 이름만으로 도 단맛이 나는 무장아찌라는 것을 알 수 있다. 우리말로 이처럼 적절한 명사도 흔치 않을 듯하다.

단무지를 생각하면 먼저 가난을 떠올리게 된다. 지난날 학창시 절에는 자장면 한 그릇에 단무지 몇 조각만으로도 훌륭한 식사 가 되었다. 어쩌다 가족들이 좋은 날을 기념하기라도 하면 으레 중국집에서 자장면을 먹었다. 그때 반찬이라고 해야 양파 썬 것 과 단무지 접시뿐이었지만 마음으로는 풍요를 느낄 수 있었다.

대학생이 된 뒤에도 단무지 몇 조각에 자장면 한 그릇을 비우 며 니체를 들먹이고 노자를 곱씹었다. 단무지의 새콤하면서도 단 맛을 잊을 수 없는 것은 그때의 추억이 머리 한 구석에 아직도 남 아있어서일 것이다. 단무지만큼 조리하기 간편한 식품이 또 있을까. 말린 무를 쌀겨와 소금을 켜켜이 넣고 저장했다가 꺼내면 노르스름한 색과 쌀겨의 단맛이 배어 맛있는 식품이 된다. 일본에서는 단무지를 다꾸앙이라 하여 가장 왜색적인 전통식품으로 꼽는다. 그러나 다꾸앙이라는 저장 식품을 맨 처음 일본인에게 전수해 준 분이 조선의 택암澤庵 스님이라는 사실을 아는 일본인은 많지 않다.

임진왜란이 일어나고 전후 문제를 해결하기 위해 서산대사와 함께 일본을 찾은 택암스님은 당시 기아에 허덕이는 일본인의 실상을 외면하지 못했다. 그는 무를 갖고 저장식품을 담그는 방법을 일본인에게 알려주었고 자신도 즐겨 먹었다.

하루는 택암스님이 고승이라는 소문을 듣고 당대의 실권자인 토쿠가와 에이야스德川家康 손자인 토쿠가와 장군이 찾아왔다. 대접할 것이라고는 소금에 절인 무밖에 없었으므로 조밥에 절인 무조각 반찬을 곁들인 식사를 대접했다. 에이야스는 그 무 조각을 맛보고 천하일미라고 칭찬하며 요리 이름이 뭐냐고 물었다. 택암스님은 그저 소금에 절인 무장아찌라고 하자 에이야쓰는 택암스님이 개발한 요리이므로 택암이라고 하자고 했다. 그 후 단무지를 다꾸앙이라 부르게 되었다고 한다.

단무지는 몇 가지 음식과 만나야 제 맛을 낸다. 야간열차를 타고 시달리다 대전역 플랫폼에서 먹는 가락국수. 멸치 우린 국물에 말아주는 따끈한 가락국수에는 반드시 단무지를 곁들여야 한다. 또 김밥 속에는 단무지가 들어가야 제 맛이다.

왜식요리에 단무지를 즐겨 곁들이지만 조선요리는 역시 밑반찬인 짠지를 많이 먹는다. 우리의 전통 반찬으로 장아찌를 뺄 수 없다. 식재료에 따라 여러 가지 맛과 향미가 달라진다. 더구나 우리의 장아찌는 버리기 아까운 식재료를 쓴다는 사실이다. 먹기 거북하고 그렇다고 버리기 아까운 것들을 저장식품으로 만들면 유용하게 먹을 수 있다. 장아찌야말로 쌀밥에 잘 어울리는 밑반찬이다.

보리밭의 추억

보리, 이 땅에서는 언제나 가난한 작물이었다. 남도의 핏빛 흙에서 칼바람에 온몸을 맡긴 채 겨울을 버텨온 끈질긴 생명력이다. 끝을 모르게 이어진 황톳길 양쪽으로 드넓은 보리밭이건만 가꾸는 이에게는 언제나 허기진 이름으로 보답하는 곡식이다.

바람이 차고 서리가 내릴 때쯤 들판에는 콩이며 강냉이 대가 누렇게 시들어 간다. 수수며 조를 베어낸 그루터기가 남아 있을 뿐 거두어들이는 일도 끝이 났다. 수확의 기쁨에 젖어 있을 틈도 없이 농부는 또 다른 생명의 씨앗을 뿌린다. 가늘고 여린 싹을 뾰족이 내밀어 가꾸는 이의 부름에 대답하는 보리. 길고 긴 겨울의 찬바람에 몸을 맡겨야 하는 인고의 세월이 다가온다.

풀꽃들은 봄에 싹을 틔워 가을에 씨앗으로 여물고 다음 해를 준비한다. 나무도 마찬가지다. 그러나 보리와 밀은 나름대로 고집이 있다. 다른 작물과는 반대의 삶을 살아간다. 풀과의 힘겨루기를 싫어하는 고고한 녀석이다. 오염된 세상을 등지고 초야에 묻혀 살았던 선비들, 그들이 좋아했던 난초 같은 풀이라고나 할까.

산골 사람들은 어쩌다 바람이라도 잦아든 날이면 겨울 보리밭으로 갔다. 보리 싹의 싸늘하고 부드러운 감촉을 손끝으로 맛보며 다가올 봄을 기다렸다. 방안에 저장해 둔 감자며 고구마도 그리 넉넉한 편이 못되었다. 아끼고 아껴서 어린것들과 함께 죽기보다 어렵다는 보릿고개를 넘어야 했다. 이때만은 허기진 농부의 마음에도 희망의 보리가 자란다.

지난겨울은 많은 눈이 내려 대지를 포근히 감싼 덕분에 보리도 제법 잘 자랐다. 설을 지낸 뒤로 보리 싹은 새끼를 치기 시작했고 잎은 날로 검푸른 색을 더해 갔다. 착한 두메 사람들은 보리 싹을 위안 삼아 춘궁기를 참고 견디었다. 요즈음 젊은이들이 어찌 보리의 고마움을 알까. 감자 한 덩이, 옥수수 한 통으로 끼니를 대신했던 아비의 젊은 날을 알기나 할까. 배고픈 서러움을 자식들에게 물려주지 않으려고 몸부림쳤던, 보릿대 마디처럼 깡마른 아비의 손가락을 헤아리기나 할까. 수제비 반죽에 감자를 썰어 넣고 찐 떡을 저들이 어찌 알겠으며, 채 익지도 않은 보리 이삭을 걷어다 찐 보리떡의 비릿한 맛을 어찌 알겠는가.

재배 역사가 긴 작물 보리는 인류의 수렵시대를 정착 생활로 바꾸었다. 기원 전 칠천 년경 이란의 아리고슈 유적에서 탄화 보리알이 발견되었고, 오천 년 전 고대 이집트의 피라미드에서도 보리 씨앗이 출토되었다. 소아시아 원산의 보리는 중앙아시아 초원 지대를 건너 동이족의 이주 경로를 따라 이 땅으로 전해졌을 것이다. 벼는 열대작물이 도입되기 전까지는 주곡 작물의 자리를 굳게 지켜왔다. 그러나 쌀을 주식으로 하면서 우리의 보리는 밥상에서 뒷전으로 밀려나고 말았다.

예로부터 보리는 추위를 견딘 뒤에 비로소 알이 여문다고 하여 인내의 표상으로 보았다. 그래, 보리밥 먹은 사람은 뚝심이 있어. 시련기를 겪었으니까. 겨울에 자란 보리는 여름에 먹고, 쌀은 여름에 자란 것이기에 겨울에 먹는다고 했다. 먹을거리에도 음양의 조화를 이루려고 했던 옛 선조들의 지혜를 엿본다.

보리밭은 유년의 추억이 깃든 보금자리이다. 어릴 때 동갑내기 소녀와 여물어 가는 보릿대를 꺾어 보리피리를 만들어 불었고, 보리깜부기로 콧수염을 그려 키득거리곤 했지. '보리밭에서 만나자.' 어쩐지 에로틱한 분위기가 감도는 말이다. 고전 해학 속에서는 언제나 보리밭이 사랑의 무대가 되었다. 그러나 지금의 보리는 생육기간을 줄이느라 키가 작아졌고 재배면적도 자꾸만 줄어들고 있다. 꼬리를 물고 보리밭, 밀밭의 이랑 위를 기어오르던 아지랑이도 보기 어렵고, 하늘 높이 비상하던 제비의 군무도 쉽게 눈에 띄지 않는다. 종다리의 청아한 지저귐이 사라진 뒤로 봄날 하늘은 뿌연 황사로 제 빛을 잃어가고……. 두 팔을 활짝 벌리고 보리 이삭 위를 달려온 풋바람을 온몸으로 맞이하곤 했었는데, 이제는 드넓은 보리밭의 황금빛 일렁임도 볼 수 없게 되었다. 뜨거운 유월의 저녁 한 때 보리 까끄라기 태우는 냄새도 엷어져 가고, 우리의 추억도 보릿짚 타는 연기 속으로 사라져 간다. 사랑의 계절 유월은 또 오건만.

선암사仙巖寺의 고매古梅

매실이 살찐다는 매우기梅雨期가 다가오고 있다. 우리나라에서 고매古梅가 가장 많은 사찰이 바로 선암사이다. 가람 배치가 예대로 남아있는 몇 안 되는 사찰 중의 하나가 선암사이다. 여기서도 불사가 시작되고 있는지, 몇 해 전부터 절을 증축하느라 공사에 방해가 되는 고매 가지를 잘라냈거나 뿌리째 뽑혀 흔적도 없이 사라졌다.

고매의 이끼 낀 줄기에 세월이 쌓여가고 이슬비에 매실은 새큼한 맛으로 여물어가는 계절. 고매 줄기는 척박한 토양에 뿌리를 내리고 돌담에 기댄 채 가쁜 숨을 헐떡이고 있다. 요사채 옆에 서 있는 고매 줄기는 흉물스런 상처가 하나둘 늘어가고 있다. 그래도 살아남은 가지마다 어김없이 봄을 열어 매실에서는 향기를 익히고 있다. 최소한 200년 이상 되었을 것으로 추정되는 늙은 매화는 이렇게 하여 하나 둘 우리 곁을 떠나고 있지만 사람들은 느끼지 못한다.

매화 줄기에도 달빛이 찾아들었다. 젖은 잎사귀들은 푸른색으로 얼굴을 바꾸고 실바람에 몸을 맡긴다. 가지는 수줍은 듯 기왓장으로 내려와 그림자로 누웠다. 누군가 창에 비친 꽃그림자를 그 꽃보다 더 사랑스럽다고 했다든가.

지난봄은 늙은 가지에도 희망이 피었다. 꽃은 자연의 숨결이며 나무가 부르짖는 외침이다. 저 허공을 향해 솟구치는 향기로운 기운. 매화 가지마다 순결한 아우성이 불꽃인 양 치솟아 오르는데 사람들만 그 외침을 들을 수 없다. 환희의 빛으로 피어오를 때마다 바라보는 이에게 향기로 대답했던 매화. 밤이면 꽃그늘 사이로 달빛을 보듬어 안고 이슬이 마르면 나비에게도 입술을 내밀었지. 태양의 눈짓에 수줍어 고개를 숙였을까. 가지마다 밑으로 매달린 매화를 두고 사람들은 겸양지덕을 두루 갖춘 꽃이라고 말했다. 겨울을 이겨내고 가장 먼저 봄을 여는 매화의 성정을 두고 옛 선비들은 인내와 역경 끝에 얻은 영광으로 여겼다. 그 때문에 세한삼우歲寒三友 중에서도 으뜸의 자리에 올려놓지 않았던가.

고매가 사라지는 것은 옛 선비들의 사상적 표식이 지워지는 것과 같다. 시골 가난한 선비라도 한 그루의 매화를 가꿀 줄 알았던 때가 있었다. 중국에서 매화를 가꾸기 시작한 이래 이천 년이나 지났지만 아직까지 열매인 매실을 따기 위해 매화나무를 심지는 않았다. 우리나라에서도 마찬가지였다. 꽃의 모양이나 색깔,

개화기 등 수백 품종으로 매화를 개량하였으나 열매를 크게, 또는 맛있게 개량하지는 않았다는 사실은 무엇을 말하는가. 매화는 정신의 상징이지 물질적인 것은 아니라고 본 때문이다. 그러나 모든 것을 돈과 결부시키기를 좋아하는 일본인이 매실이라는 과일을 그냥 두었을 리 없다. 살구나무와 매실나무를 교잡시켜 열매는 살구나무처럼 달고 크며 매실의 신맛까지 나는 것으로 개량했다. 그렇게 개량한 왜색 매화를 심은 곳이 남도지방이다. 선암사 매화는 그 왜색 매화가 아닌, 선비의 올곧은 매화, 선방에서 수도하는 고승들이 심은 매화이기에 더욱 가치가 있다.

우리 주위에는 나이 든 사람 중에 참 곱게 늙은 사람이 있다. 세파에 찌든 삶이 아니라 남을 위해 봉사하며, 인생을 즐겁고 보람되게 살아온 사람에게서 느낄 수 있는 기쁨 같은 것이 얼굴에 배어 있어서일까. 그런 어르신을 뵈면 저절로 고개가 숙여지고 존경심이 우러난다.

사람은 누구나 곱게 늙고 싶을 것이다. 그래서 고급 화장품을 쓰고 마사지 센터를 찾거나 인위적으로 성형수술을 한다. 젊었을 때 쌍꺼풀 정도의 가벼운 성형수술이라면 귀엽게 봐 줄 수도 있다. 자신이 갖고 있는 외모에 대한 콤플렉스는 스스로 해결하려는 노력이 중요하다고 본다. 누구나 예뻐지겠다고 수술만 하면 다 뜻대로 되는 것은 아니다. 예뻐지겠다고 모두 성형외과를 찾는다면 이 세상은 판에서 찍어낸 듯한 똑같은 사람만 존재하게 될 것이다. 그때는 반대로 얼굴을 개성 있게 바꿔달라고 성형외과를 찾지 않겠는가.

곱게 늙는다는 것이 무엇이겠는가. 인위적 화장술에 의한 미인이 아니라 고매한 인품에서 우러나오는 완성된 인격체. 이것이 바로 사람을 사람답게 하는 것이 아니겠는가. 자신을 버리고 남을 위해 사는 성직자를 볼 때마다 그분들의 표정에는 평화가 깃들어 있음을 느낀다. 이 세상의 온갖 욕망을 버린 자에게서만 느낄 수 있는 그 평화로움이 있다. 그래서 우리는 성직자를 존경하고 그분들의 삶을 배우려고 하는 것이 아닌가.

선암사 매실나무도 그 자라에서 수백 년을 살아왔을 터이다. 태풍에 가지가 부러지고 때로는 건물의 화재로 줄기가 타버렸을지도 모른다. 그러나 용케도 그루터기에서 다시 싹이 돋아나 살아서 매실을 살찌우기 위해 매우를 기다리고 있다. 늙은 매화 줄기도 흉터 없이 곱게 늙은 매화가 가치가 있다. 고사목은 고사목대로 비바람에 노출된 채 사리舍利가 된다고 해서 흉할 것도 없다 모진 세월을 이겨낸 훈장 같은 것이 아닌가. 한 그루의 꽃나무일망정 수목수술 자국 없이 곱게 늙어 그 향기로 세상을 정화시켰으면 좋겠다.

떠나가는 연

3

피혁삼우 皮革三友

허리띠

일을 할 때면 제 꼬리를 물고 있어야 한다. 입이라고 해야 아래 턱뿐이지만 가느다란 혀 하나와 턱을 의지하여 제 꼬리를 잘도 물고 있다. 종일 주인의 허리를 껴안고 숨죽인 채 지내야 한다. 어쩌다 주인이 배에 힘이라도 주게 되면 턱이 빠질까 걱정이다. 실제 녀석의 친구 중에는 가끔씩 금속제 목이 떨어진 적도 있었다. 다행하게도 다시 끼워 놓을 수 있었지만.

매일 이런 상태로 지내야 하니 긴장의 연속이다. 그래도 오전까지는 낫다. 주인이 허물없는 친구로부터 오찬이라도 초대된 날은 더욱 힘이 든다. 그런 날은 물고 있는 꼬리를 놓게 하여 잠시나마 녀석을 자유롭게 할 때도 있지만 아주 드문 일이다.

친구 중에는 별난 녀석도 있다. 그의 주인이 모임의 뒤풀이 같은 곳에서 취하기로도 하면 허리를 꼭 껴안고 있어야 할 녀석의 머리를 잡고 꼬리까지 빼낸다. 그리고는 모가지를 잡은 채 배를 훑어 내리면서 익살스럽게 외친다. "이것이 무엇이냐. 배암이야 배암. 한 마리만 먹어 봐! 오줌 줄기가 담을 넘어. 두 마리만 먹어 봐. 전봇대가 부러져. 애들은 가. 어른들은 보짝보짝 다가와!……" 취중 사람들의 배꼽이 빠질까 걱정이다. 배암이 무엇이기에 저리도 재미있을까.

요즈음은 녀석에게도 고민이 하나 있다. 주인의 허리가 점점 굵어지는 것을 느낀다. 지난해에 이미 사용하는 구멍이 한 칸 더 뒤로 밀려났다. 주인의 허리가 굵어질수록 녀석은 입으로 꼬리를 잡기가 힘겹다. 요즘 들어 부쩍 힘이 부치는 느낌이다.

이제 꼬리의 구멍이 두 개밖에 남지 않았다. 마지막 구멍까지 턱이 닿을 수 있으면 녀석도 버틸 수 있겠지만 그 이상은 곤란하다. 주인이 크고 잘생긴 신참 녀석을 하나 데려올까 염려된다. 시장에 가면 얼룩무늬 악어가죽에다 부드러운 양피 하며 갖가지 색깔과 모양 예쁜 것들이 얼마든지 있다. 나이 먹는 것도 서러운데 그들에게 밀려날 것을 생각하면 앞날이 서글퍼진다.

구두

쌍둥이 녀석들은 아침부터 저녁까지 주인의 발을 감싸고 지낸다. 게다가 백 근이 넘는 주인을 온 몸으로 떠받치고 어디든 헤집고 다녀야 한다. 아무리 몸이 고달프다고 해도 제 의지대로 그만

둘 수 없는 숙명을 타고났다.

세상에 태어나 죽을 때까지 주인을 위해 살다 더러운 청소차에 실려 쓰레기 더미에 버려진다 해도 한 방울의 눈물마저도 흘리지 못한다. 어느 누구 하나 불쌍하게 생각해 주는 이 없다.

주인이 무슨 행사장이라도 가는 날은 덩달아 신이 난다. 때 빼고 광내면 잘나가는 신참 녀석에게도 꿀리지 않는다. 신수가 훤하다. 쌍둥이 녀석들은 언제나 함께 지낸다. 주인이 외출할 때 한 녀석만 데리고 가는 법이 없다. 얼굴이 같고 색깔이 같다고 하지만 자세히 보면 다르다. 두 녀석을 짝지어 놓으면 좌우가 대칭이라는 것을 알게 된다. 콧등이 주인의 대머리처럼 반짝반짝 광이 난다.

녀석들이 싫어하는 날은 비 오는 날이다. 거리에 낙엽이라도 뒹구는 날 비라도 내리면 녀석들은 지푸라기에 매단 해삼처럼 온몸이 풀어진다. 진흙탕 길도 싫다. 덧씌우기 한 여름날의 아스팔트길은 진드기처럼 달라붙어서 더욱 싫다.

그렇다고 해서 고달픈 날만 계속되는 것도 아니다. 어느 날 주인이 점심 식사라도 하기 위해 녀석들을 데리고 갈 때가 있다. 현관에 남겨 두고 방으로 들어가고 나면 종업원이 녀석들만의 자리로 잠시 옮겨 놓는다. 녀석들은 그곳에서 일생 동안 가슴에 묻어 둘 비밀 하나를 얻었다. 뺨에 닿는 순간 무어라 말 할 수 없는 전율을 느꼈다. 어느 땐가 강아지 꼬리를 밟았을 때의 놀라운 기분이라고나 할까. 게다가 부드럽고 달콤한 냄새가 코끝을 간질였다.

그동안 주인댁 딸까지도 싫어하는 냄새를 잘도 참아 왔지. 솔직히 말해서 녀석들도 처음에는 발냄새가 싫었지만 이제는 운명이려니 하고 살아간다. 그래서 얼마 전부터는 오히려 구수한 담북장 냄새쯤으로 여겨왔다.

그런데 그게 아니다. 같은 처지이면서 어찌 이처럼 향기로울 수가 있을까. 녀석들의 옆에 다소곳이 머리를 맞대고 있는 아가씨로부터 솜사탕처럼 부드러운 향기가 스며 나왔다. 게다가 잘록한 허리하며 죽 뻗은 각선미가 너무나 아름다웠다. 세상에 이처럼 아름다운 아가씨가 있을까. 향기는 층을 이룬 그들만의 작은 공간 전체로 퍼졌다. 아가씨와 함께 지냈던 짧은 시간을 영원히 잊을 수 없을 것 같았다.

그 일이 있은 뒤부터 녀석들은 비밀의 씨앗을 마음밭에 심은 채 살아간다. 주인이 다시 그 식당으로 가 아가씨를 만나게 해 주지나 않을까 하는 기대감으로.

지갑

가장 깊은 곳에 얌전히 숨어 있다. 언제나 주인의 심장 소리를 자장가처럼 들으며 잠이 든다. 딱히 무슨 거룩한 일이라고는 할 수 없지만 나름대로 할 일이 있다. 소중한 것들을 보듬고 지낸다. 주인의 얼굴이 찍힌 주민증이며, 전자 카드, 사진 한 장, 그리고 이름을 적은 몇 장의 종잇조각 따위를 품고 다닌다. 다른 사람들에게는 하찮은 것이겠지만 주인이 끔찍이도 아끼는 것들이다.

더 중요한 것은 돈이라는 종이다. 녀석의 주인은 그 종이로 먹을 것을 바꾸고 입을 것도 산다. 꼭 있어야 할 것들을 품고 있으니 녀석 또한 소중하게 여길 수밖에 없다. 그래서 녀석은 주인의 총애를 받으며 의기양양하게 지낸다.

그 때를 생각하면 지금도 아찔하다. 주인과 영원히 이별하는 줄 알았다. 주인은 녀석에게 늘 이렇게 말했다. "사나이는 명예롭게 살다 그 명예를 위해 죽을 수 있어야 해." 처음에는 그 말의 뜻을 잘 몰랐지만 세월이 가면서 어느 정도 이해가 되었다. 그래서 녀석은 마음속으로 다짐했다. 주인이 자신을 버리지만 않는다면 영원히 함께 하겠다고.

그 당시 주인은 만원 전철에서 시달리고 있었다. 어느 때보다 힘이 드는지 이마에는 땀까지 맺혀 있었다. 정거장에서 출입문이 열리는 가 했는데 주인의 어깨를 툭치는 사람이 있었다. 넘어질 뻔했다. 그리고는 쏜살같이 달리는 것이었다. 문이 닫히는 순간 누군가, "도둑이야! 소매치기다" 라고 외쳤다. 주인은 문득 가슴으로 손이 갔다. 이쪽저쪽 주머니 부분을 눌러 보았으나 없었다. 속주머니가 예리한 칼에 찢겨져 있는 것이 아닌가. 주인은 마음속으로 빌었겠지, 사진만이라도 돌려주었으면 하고.

며칠 후였다. 신분증을 찾았다는 연락에 주인이 파출소로 달려갔다. 눈물겨운 상봉이었다. 그 때까지도 녀석은 빛바랜 사진 한 장을 꼭 껴안고 있었다. 돌아가신 어머니를 잊지 못해 늘 사진을 품고 다니는 주인을 생각하면 얼마나 다행인지 모른다. 겨울이면 맨 손으로 어머니 무덤의 눈을 쓸어내리는 주인이다.

가위

긴 것을 보면 참지 못하는 것은 아닌지. 입을 벌렸다 오므릴 때마다 끊고 잘라야 직성이 풀리는가 보다. 하는 짓이 모두 남을 갈라놓는 일이어서 자칫 오해를 받기도 하겠다. 움직일 때마다 사각사각 속삭이듯 하고, 무명 옷감이라도 자를라 치면 싹둑싹둑 재미도 있다. 또 철판 같은 무겁고 두꺼운 것을 가를 때는 더 둔탁한 소리로 목청을 돋운다. 가위라는 이름을 얻었지만 지방에 따라 가새, 가우, 가시개라는 이름으로도 불러준다.

칼은 언제나 독사처럼 날을 세우고 우리를 위협한다. 그러나 가위의 날은 마음씨 좋은 할아버지같이 부드러우면서도 투박하다. 낫처럼 자주 갈지 않아도 쉽게 그리고 편리하게 쓸 수 있다. 칼날처럼 손을 다칠까 두려워하지 않아도 되고 어린이의 서툰 가위질을 보고도 마음 졸이지 않아서 좋다.

가위만큼 쓰임새가 많은 연모가 또 있을까. 긴 물건을 짧게 자르기 위해 두 개의 쇠붙이가 힘을 모았으니 한 쌍의 원앙처럼 다정하다. 집에서 스스로 옷을 지어 입던 시절에는 가위야말로 소중한 재봉 도구였을 것이다. 가위와 실, 바늘만으로도 시아버지의 도포와 남편의 두루마기를 지었으며 옷감을 잘라 아이들의 때때옷을 만들었다. 가위가 소중한 만큼 비단색실로 수놓은 가위집에 넣어 반짇고리에 잘 보관했다.

잘라야 할 재질이 다양한 만큼 가위의 종류도 많다. 재질이 무엇이냐에 따라 가위도 제 모습을 달리한다. 잔디를 깎고 나뭇가지를 자르는 큰 가위는 두 손으로 작동해야 한다. 또 잔가지를 자르는 전정가위가 있어 나무를 예쁘게 다듬을 수 있다. 가위의 역할이 어찌 나무와 풀만 자르는 일이겠는가.

몇 해 전에는 북경의 유리창가에서 앙증맞은 가위를 본 적이 있다. 손가락 하나가 겨우 들어갈까 말까 한 작은 가위 몇 개가 진열대에 가지런히 놓여 손님을 기다리고 있었다. 그래서 그 가위의 용도를 물었더니 중국인 상인은 자신의 까칠한 턱을 가리키며 검지와 인지로 자르는 시늉을 하는 것이었다. 오라, 옛 선비들이 이 작은 가위로 수염을 잘랐구나. 권위의 상징인 수염을 다듬는 도구이다 보니 청동제와 철제 가위가 있었고 금도금제가 있었는가 하면 은상감 문양을 넣은 것도 눈에 띄었다. 그 옆에는 조그만 빗도 여러 개 진열돼 있었는데 긴 수염을 쓸어내리는 빗이라 했다. 댓살을 깎아 만든 것은 물론 흑단이나 자단제와 은이나 금으로 만든 작은 빗도 있었다. 남자들의 미용기구가 이렇게도 앙증맞다니. 처음 본 물건이라 그저 신기하게 들여다볼 수밖에 없었다. 가위가 남자들의 미용기구로도 쓰였는데 하물며 규방에서랴. 여인의 속눈썹을 다듬는 아주 작은 가위에도 손가락이 각각 하나씩 들어가는 동그란 구멍도 있고 눈썹을 자르는 가위 날도 있다. 작고 앙증맞은 가위로 긴 속눈썹을 다듬는 미인을 상상해 본다. 그녀는 분명 해맑은 살결의 가인이며 까만 눈동자 속에 너른 호수를 담고 있으리라. 손톱이 하얀 엄지와 살결 고운 검지를 동그란 손잡이 구멍에 끼우고 거울 앞에 선 여인. 눈을 치켜뜬 그녀의 긴 속눈썹은 활처럼 위로 휘어 있고 상기된 이마에서는 작은 땀방울이 맺혔으리라.

국립경주박물관에서 맨 먼저 내 눈에 뜨인 가위를 만났을 때의 놀라움이라니. 날 부분이라고 할 수 있는 끝이 두 개의 동그란 눈이 되어 이쪽을 응시하고 있는 가위. 손잡이 부분은 엄지가 들어가는 작은 동그라미와 길쭉한 동그라미가 있는 것으로 보아 가위가 분명했다. 그런데 날 부분이 동전처럼 동그랗다니. 도대체 무슨 물건을 자르기 위한 연모일까. 설명을 읽고 그 가위야말로 너무 호사스럽고 재미있는 연모라는 것을 알았다. 흐르는 듯한 금속제 손잡이의 당초문과 구름무늬하며 유려한 곡선의 아름다움은 가위라는 기능성을 떠나 순수한 조형물을 보는 것 같았다. 이 특수한 가위가 촛불을 끄는 도구라는 사실을 알고 또 한 번 가슴에 물결이 일었다. 촛불은 그저 입으로 불어 꺼도 되겠지만 안압지에서 신라 귀족들이 밤뱃놀이를 할 때라면 사정이 달라진다. 불이 꺼지고 남은 촛불의 심지에서는 연기가 나게 마련이다. 이를 예방하기 위해 가위를 얹어 불이 꺼지는 것과 동시에 까만 심지를 잘랐을 서라벌 여인의 고운 손길이 눈앞에 아른거린다.

수염을 멋지게 다듬고 눈썹을 자르는 가위는 참으로 편리한 연장이긴 하다. 그러나 식탁에까지 오른 가위를 두고 낯설다고 하면 구태의연한 사고라고 말하는 사람이 있을까. 식당 같은 곳에서 생고기를 썰다가 붉은 양념이 묻은 가위를 들고 냉면 사리를 열십자로 싹둑싹둑 자르는 것은 비위생적이라기보다 어쩐지 입맛까지 떨어뜨린다. 긴 것이 수복강녕의 축원의 뜻을 담고 있다면 국수 면발은 길어야 가치가 있다. 혼인식 피로연에서 축하객들이 국수를 말아먹는다거나 희수연에서 국수를 나누어 먹는 것도 오래도록 행복한 삶을 누리라는 뜻이다. 그 행복을 가위로 무차별 잘라버리다니 너무하지 않은가.

전통적으로 보통가위는 부엌에서 쓰는 연장이 아니었다. 어느 때부터인가 냉면의 면발을 자르는 데 가위가 쓰이기 시작하면서 지금은 주방에서도 제자리를 차지하게 되었다. 그러다가 최근에는 식칼보다 오히려 가위를 더 많이 쓰는 사람도 있다고 들었다. 평양의 모란봉식당을 찾은 어느 고위 관리가 습관대로 냉면 사리를 잘라달라고 했다가 복무원 아가씨로부터 "랭면은 잘라 먹는 것이 아니우다."라는 따끔한 말을 들었다나. 멀쩡한 면발을 부스러기로 만드는 어리석음을 지적한 말이리라.

속을 저미는 추억을 남기고 떠나버린 그녀를 잊지 못해 남몰래 감추고 있던 몇 장의 사진. 그 애절한 추억을 눈물로 잘라버려야만 했던 가위를 어찌 잊을 수 있을까. 군에 입대한 외아들의 첫 편지를 받은 날 군사우편물 봉투를 자르는 제 어미의 떨리는 손. 잘 살아 보겠다고 이역만리 열사의 땅에서 향수에 잠 못 이룰 즈음 고국에서 날아든 한 장의 반가운 편지. 그 편지 봉투를 가위로 잘랐는데 어머니가 돌아가셨다는 부음일 줄이야. 슬픔에 겨워 손에 들고 있던 가위를 던져버리고 싶었던 간절한 마음이여. 그때처럼 가위를 부정적으로 생각해 본 적이 있을까. 그대로 엑스라는 가위표를 그리고 싶었을 게다.

　사람들은 누구나 과거를 생각하게 되고 추억에 빠질 때가 있다. 즐거운 일은 오래 기억하고 싶고 슬픈 일은 빨리 지워버리려고 한다. 그렇다고 슬프고 괴로운 일들을 물건을 자르듯 할 수야 있겠는가. 가장 화려한 축제의 날 테이프커팅을 위해서는 흰 장갑을 낀 손으로 테이프를 감은 순결한 가위를 쓰지 않던가. 팡파르가 울리는 새로운 날을 위해 나만의 예쁜 가위를 마련해야겠다. 마음으로나마 그 가위로 슬프고 괴로운 인연들을 잘라버리고 즐겁고 향기로운 것들만 남기리라.

손톱

손톱이 긴 여자를 보면 가슴이 뛴다. 희고 가느다란 손목을 가진 여인이 긴 손가락으로 이어폰 음악에 맞춰 토닥토닥 장난이라도 하고 있으면 그렇게 귀여울 수가 없다. 손가락 끝에서 병아리 부리 모양으로 뾰족이 내민 손톱이라면 얼굴을 긁혀도 아프지 않을 듯하다. 그런 여인이라면 얼굴을 바로 쳐다보지 않아도 손가락만으로도 미인임을 알 수 있다.

투명한 속살 속에 파르스름한 정맥류가 비쳐 보이는 손은 매력적이다. 여울물에 씻긴 조약돌처럼 깨끗하다. 가운데 손가락에 실반지라도 하나 끼어 있으면 좋고 없어도 결코 초라하지 않다. 긴 손가락 끝에 뾰족이 내민 손톱은 끝이라기보다 시작이며 무엇인가 생명을 가진 것들의 머리처럼 보일 때가 있다. 그 예쁜 손톱에 봉숭아물이라도 들였다면 그녀는 분명 조선의 미감을 아는 사람일 게다.

예나 지금이나 미인이라면 손톱을 신체의 일부분이라 여겼다. 그래서 손톱을 치장하는 화장술이 발달했고 오늘날에는 매니큐어의 종류만 해도 수백 가지가 넘는다. 미인에게 있어 손톱을 치장하는 일이야말로 자신을 알리는 좋은 방법일 게다.

고대 중국의 미인들은 손톱을 가꾸는 일이 중요한 일과가 되었다. 종일 무료한 궁중생활에서 손톱을 다듬고 예쁘게 꾸며 황제의 총애를 받는 일이 무엇보다 중요했으리라. 고대 인도의 카마슈트라에서도 긴 손톱은 주군을 받드는 애정의 표현이라고 하였다니 손톱을 꾸미는 일에도 유구한 역사가 있는 셈이다.

우리 몸에서 손가락의 표정만큼 다양한 것이 어디 있겠는가. 부처는 수십 가지 수인手印을 통해 중생을 구제하려 한다. 그 손의 모양에 따라 무언으로 수많은 진리를 가르치고 있다. 사람의 만남에서 가장 먼저 눈을 마주치고 그 다음 시선이 머무는 곳이 손이라고 한다. 초조할 때는 먼저 손을 매만지게 되고 윗사람 앞에서 경의를 표할 때에도 먼저 손을 모으고 고개를 숙이게 된다. 예를 표할 때 손의 표정이 중요하듯 상대방을 위협할 때도 손의 역할은 중요하다. 두 손의 손가락을 구부려서 손톱을 보이는 것만으로도 약자에게는 위협이 될 수 있다.

손톱으로 할퀴겠다는 무언의 공격적 행동이야말로 동물적인 행위이다. 이때는 사람의 손톱도 곧잘 무기가 된다. 자연계에서 발톱을 가진 동물은 고등생물에 속한다. 더구나 손톱과 발톱을 구분할 수 있는 것은 더 진화한 고등동물이라나. 동물 중에는 파충류와 조류, 포유류 같은 척추동물만이 발톱을 가졌다고 알려져 있다. 그 중에서 영장류는 손톱과 발톱으로 분화했으며 손톱을 가진 사람이야말로 만물의 영장임에 틀림없다.

손톱은 피부의 단백질이 굳어진 것이다. 뼈가 아니면서 날카롭고 딱딱하다. 그래서 맹금류나 맹수들은 발톱을 세워 적을 물리치고 먹잇감을 포획한다. 사람에게 있어서 손톱은 무기로서는 이미 무용지물이 된 지 오래다. 가끔 부부싸움에서는 아내의 공격 무기가 될 때도 있지만, 따로 공격이나 방어를 목적으로 휴대할 무기가 얼마든지 있는 까닭에 오늘날 손톱은 자신의 아름다움을 표현하는 수단으로 쓰이기도 한다.

전장으로 간 병사가 손톱 발톱을 자르고 머리카락까지 잘라 곱게 싸서 유서와 함께 고향의 가족으로 보낼 때의 심정은 얼마나 비장하였을까. 죽음을 앞두고 결연의 의지를 다져보지만 한편으로는 두려움에 몸을 떨었을 것이다.

우리 어머니들은 밤에 손톱 발톱을 자르면 귀신이 나온다며 말렸다. 희미한 호롱불 아래서 손톱을 자르다 자칫 실수라도 하면 손가락을 다칠 수도 있기 때문에 조심하라는 뜻이었을 게다. 또 아기의 손톱을 어머니가 치아로 잘라주는 풍습이 있었는데 날카로운 칼에 아기의 손가락을 다치지 않도록 하기 위해서였다.

손톱을 주술적인 의미로 받아들일 때도 있었다. 손톱 발톱을 잘라 아무 데나 버리면 악귀가 그것을 집어 버린 사람에게 찾아온다고 믿었다. 그래서 손톱 발톱과 머리카락을 자르면 반드시 아궁이에 넣어 불에 태웠다. 손톱도 신체의 일부분이라 생각하며 함부로 하지 않았다. 부모가 준 신체를 함부로 하는 것이야말로 불효라고 여겼기 때문이다.

확실히 가늘고 예쁜 손가락 끝에 뾰족이 내민 손톱을 보면 깨물어주고 싶을 만큼 매력적이다. 선명하고 건강한 살색 안쪽의 하얀 반달무늬는 살아있음을 일깨워주고 무기력한 내 미감을 자극한다. 그러나 지나치게 자극적인 짙은 색 매니큐어를 칠한 손톱은 질색이다. 푸른색 아이섀도에 초록색 손톱으로 치장한 여인에게서는 도마뱀이나 이구아나 같은 파충류가 연상돼 눈을 돌리게 된다. 뭐 혐오스러울 정도는 아니라 해도 공상과학 영화에서나 봄직한 외계인이 연상되는 것은 내 미감이 유치해서일까. 건강한 표정은 인생에서 가장 아름다운 나이인 20대의 얼굴에서 찾아야할 것이다. 건강한 손톱은 페인팅을 하지 않아도 붉고 윤기가 있다. 바로 신선한 자연의 색이다. 자랑스러운 자연의 빛깔에 값싼 화장품으로 덧칠을 하여 스스로 저급한 손가락을 만드는 젊은이를 보면 괜히 신경이 쓰인다.

세상에는 길고 잘 다듬은 손톱만 있는 것은 아니다. 문우 중에 〈손톱 사이에 때 낀 여자〉라는 수필을 쓴 분이 있다. 새벽부터 밤늦게까지 농장에서 일하는 그녀의 손톱은 짧다 못해 아예 살을 파고 들 정도이고, 손톱 사이에는 언제나 풀물이 들게 마련이다. 그 때가 낀 손톱이야말로 얼마나 자랑스러운 손톱인가. 지인

중에 전통 염색을 하는 분은 사람을 만날 때마다 시퍼런 손가락을 당당하게 내민다. 일을 하는 손이 뭐가 부끄러울 게 있느냐는 항변 같기만 하다. 그의 손 또한 자랑스럽게 느껴진다. 인사동 축제 때마다 짚을 꼬아 바구니를 엮는 할아버지가 초청된다. 그의 주름지고 굵은 손가락 끝에 뒤틀리고 부서진 손톱이 매달려 있다. 그 무딘 손가락이 우리가 잃어버린 전통의 아름다움을 새로 빚어놓지 않았던가.

육체노동을 하는 사람은 긴 손톱을 유지, 관리하기 어렵다고 말한다. 그래서 소설 속에서는 호사스러운 여인을 그릴 때 고운 옷을 입고 손톱이나 다듬는 사람으로 소개하고 있다. 확실히 손톱은 일을 할 때 장애가 되기도 한다. 그렇지만 현대의 미인들은 다투어 손톱을 가꾸고 치장한다. 게다가 속눈썹을 붙이듯 모조 손톱을 붙이기까지 한다. 이제 미인의 조건은 손톱이 길지 않으면 안 되는 세상이 되었다.

가난한 살림살이를 위해 발버둥치는 아내는 한 번도 손톱을 기른 적이 없으니 박색임에 틀림없다. 무능한 남편을 만나 앞으로도 손톱을 기를 수 없으니 미인이 되기에는 아예 글렀다. 그래도 짧은 손톱을 가진 내 아내가 눈물겹도록 고맙기만 하다.

보자기

전철 안에서 별난 가방을 멘 젊은이를 만났다. 대학생으로 보이는 그는 어깨에서 허리로 질끈 동여맨 듯한 외줄 가방을 메고 있었다. 마치 어릴 때 우리가 메고 다녔던 책보따리를 보는 것 같아 웃음이 나왔다.

물자가 귀했던 시절에는 책가방이 따로 없었다. 보자기에 책이며 공책, 필통을 모아 놓고 모서리부터 둘둘 말면 양쪽 끝에 남은 부분이 끈이 되었다. 등에 사선으로 대고 어깨에서 내려온 끝자락과 옆구리에 남은 것을 가슴에서 매면 두 팔이 자유롭게 되었다. 나지막한 고개를 두 개나 넘어 시오리 학교 길을 달리다 보면 필통의 연필 촉이 부러져 있기 일쑤였다. 학교에서 보자기를 펼치면 딱지며 만화책 같은 것들이 들어 있기 때문에 가끔 선생님이 검사를 할 때도 있었다.

그날은 밤새 고열에 시달리다가 아침밥을 거른 채 학교에 갔다. 점심시간이 가까운 때 유리창 밖에서 어머니가 손짓을 하셨다. 어머니가 놓고 가신 때 묻은 베보자기를 풀었더니 내가 좋아하는 콩밥에서 김이 오르고 있었다. 도시락이 식을까봐 가슴에서 잠시도 떼지 않고 종종걸음으로 학교까지 오신 어머니. 아침밥이 싫다고 투정을 부린 터라 가슴으로 뜨거운 것이 치밀어 올랐다. 보자기 자락으로 눈을 씻으려는데 어머니의 머릿기름 냄새가 났다.

예로부터 보자기를 써 왔겠지만 달라진 것이 별로 없다. 보자기는 변화를 모르는 원시의 모습 그대로이다. 기능적인 면에서는 아주 다양하게 쓰였고 앞으로도 발전해 갈 것이다. 재질에 따라 삼베 보자기가 있는가 하면 베 보자기, 비단 보자기도 있다. 손수건 같은 작은 것에서부터 넓으면 이불을 쌀 수 있는 보자기도 있다. 천을 듬성듬성 잘라 가장자리를 박음질하는 것만으로 보자기가 된다. 물건을 싸는 하나의 천 조각이 보내는 이의 정성과 받는 이의 감사하는 마음을 엮어주기도 한다. 혼례 때 쓰는 비단 보자기에는 예의를 지극히 숭상했던 조상들의 정성과 감사하는 마음이 올올이 스며있다.

비단 보자기로 싼 선물 꾸러미야말로 보내는 사람의 정성이 담겨 있어 풀기 아까울 정도이다. 전에는 처가에 들고 가는 선물로 청주가 으뜸이었다. 됫병 한두 개를 주머니로 곱게 싸 처가로 가면 장모님께서는 씨암탉도 아끼지 않았다. 이처럼 보자기는 가족의 따뜻한 마음도 담을 수 있었다.

식품을 보관하는 데도 요긴하게 쓰였다. 여름 밥상은 반찬이 쉽게 변질되거나 벌레들이 낄 수 있다. 차린 밥상은 반드시 삼베 밥상보로 덮어 두었다. 그것도 물에 적셔 꼭 짠 것을 잘 펴서 덮으면 작은 구멍 하나 생기지 않았다. 또 있다. 여름에 함지박 같은 목제 그릇에 밥을 담고 젖은 베보자기로 덮어 두면 저녁까지 시지 않았다. 아침에 들에 나가 종일 일을 하고 늦은 저녁 집으로 돌아와도 고슬고슬한 보리밥을 먹을 수 있었다. 냉장고가 없었던 시절 보자기 하나로 음식을 보관했던 선조들의 지혜였다.

내가 어릴 적에는 참외며 오이 같은 것을 베 보자기에 싸 긴 줄을 매고 우물에 담가 두었다. 수박도 끈으로 묶어 우물에 담가두었다가 가족들이 다 모인 저녁에 잘라 먹었다. 어머니가 우물에서 갓 꺼낸 싱싱한 오이를 썰어 오이냉국을 만들면 그 물에 찬밥을 말아먹었는데 상큼하고 시원하기가 청량음료 같았다.

보자기가 어디 여기에만 쓰였던가. 명주 보자기는 겨울 삭풍을 막아주는 방한복 구실을 했다. 접어서 목에 두르면 목도리가 되고 곱게 염색한 보자기로 머리를 감싸면 멋쟁이가 되었다. 지금은 이런 보자기를 머플러라고 했던가. 야외에서는 보자기 한 장이 곧 방석이 되었고 비라도 내리면 머리를 덮는 우장이 되었다. 얼마나 편리한 물건인가. 우선 휴대하기가 간편하다. 갈 때 한 보따리의 짐을 내려놓고 나면 올 때는 접어 주머니에 넣을 수도 있다. 보자기는 얇은 베 조각이지만 하늘을 가릴 정도로 한없이 넓게 보일 때도 있다. 햇살 뜨거운 날 보자기 한 장으로 볕을 가릴 수 있으니 얼마나 고마운가.

인사동 거리를 지나다가 진열장에 걸린 베보자기를 볼 때가 있다. 작은 헝겊 조각을 하나하나 이어 붙여 만든 커다란 보자기. 몬드리안의 기하학적 추상이라고 생각하기 쉽다. 그러나 조선의 아낙네들은 수백 년 전에 이미 기하학적 조형물을 완성해 냈는데 서구의 미학자들은 몬드리안을 기하학적 추상화의 선구자로 꼽는다. 염색한 천이건 무색이건, 크거나 작은 것을 가리지 않고 이어 붙여 하나의 넓은 베보자기를 만들었다. 이것은 크면 이불홑청이나 가리개가 되었고 작으면 방석, 상보로 썼다. 옷을 집에서 지어 입던 시절 작은 천 조각도 버리지 않고 모아 이처럼 훌륭한 미학적 조형물을 만들어 낸 솜씨와 디자인 감각에 박수를 보내고 싶다.

보자기의 역할이 여러 가지가 있겠으나 그중에서 포장과 운반이 가장 크다. 물건이 생긴 모양에 따라 거기에 자신을 맞추는 보자기. 사각형 상자를 싸면 육면체가 되고 병을 감싸면 기둥꼴이 되며 둥근 물건이라도 싸면 공이 된다. 세모꼴이나 다면체의 물건이라도 불평 없이 거기에 맞추어 자신의 모습을 바꾼다. 언제나 자신보다 남을 배려하는 성직자 같은 마음을 가졌다. 귀한 보석을 품을 때도 뽐내지 않고 상한 생선을 싸도 찡그리는 법이 없다. 보자기를 두고 주체성도 없고 뼈도 없는 놈이라고 할지 모른다. 그러나 저마다 잘난 체하는 세상에서 보자기마저 주체성을 찾는다면 어떻게 되겠는가. 생활 주변에서 보자기가 그저 여인들의 패션 소품으로나 쓰일 뿐 사라지는 것이 아쉬울 따름이다.

떠나가는 연鳶

비록 한 가닥 실에 자신의 몸을 의지한 채 창공을 오르려고 몸부림치는 연은 어쩌면 자유를 갈구하는 조롱 속의 새 같은 존재인지도 모른다. 얼레에 묶인 신세에서 벗어나려고 하는 연이야말로 조롱을 박차고 날고 싶은 새의 마음을 가진 것은 아닐까. 사람들은 자신의 무능을 보상받기라도 하듯 연에 마음을 실어 하늘을 난다.

연은 종이에서 태어났지만 뼈대가 있다. 네모진 한지 한 장이 댓살을 만나 비로소 연이 되었다. 머리 쪽 귀는 한 가닥 실로 이어져 활처럼 뒤로 조여진다. 팽팽한 긴장의 연속이다. 농성장에서 느슨해진 마음을 묶어주는 노동자의 머리띠 같은 구실을 한다. 앞으로 높고 먼 하늘을 날 때 세찬 바람으로부터 자신의 몸을 지켜줄 생명선이다.

누군가 방패연이라는 이름을 붙여 주었지만 한 번이라도 전쟁에서 적의 칼과 창을 막아낸 적이 없다. 바람에 맞서면서 그 바람을 적당히 조절하여 하늘을 날고, 때로는 거역할 수 없는 세찬 바람을 가슴으로 맞이하기 위해 눈물을 머금고 구멍을 뚫었다. 마치 아들의 잘못을 대신 속죄하기 위해 평생 산사에서 마음 비우고 사는 어머니와 같다고나 할까.

조선에서 태어난 방패연은 전장에서 큰 공을 세웠지만 훈장 하나 받지 못했다. 예나 지금이나 통신은 매우 중요하다. 임진왜란 때 충무공을 도와 통신에서 적을 앞선 것은 방패연의 역할이 컸던 때문이다. 충무의 방패연을 사람들은 아직도 잊지 못한다. 자랑스러운 비연飛鳶이 없었더라면 충무공의 작전 지휘도 힘을 얻지 못했을 것이고 승전도 어려웠을지 모른다. 우리의 비연이 있었기에 세계 해전사상 충무공의 전설 같은 승전이 가능했다고 하면 지나친 풀이일까.

두려움을 극복하는 자만이 개척정신을 키울 수 있다. 얼레를 떠난 연은 혼자 더 멀리 더 높이 날아가려고 한다. 그러나 자유롭게 훨훨 날 수만은 없다. 자신을 붙들고 놓아주지 않는 실에서 영원히 해방될 수 없는 운명을 타고 태어났다. 끈에서 헤어나는 날, 그날이 바로 생을 마감하는 날이라는 사실을 연이 알 리 없다. 운명의 끈에 매어 있을 때 연은 사는 의미가 있고 온갖 재주로 남을 즐겁게 할 수 있다. 한 가닥 실에 매달려 좌로 또는 우로 춤을 춘다. 때로는 곤두박질치다가도 어느 순간 다시 하늘로 솟구친다.

세계 각국의 기기묘묘한 연이 모여 자태를 뽐내는 경연장에서 홀로 빙글빙글 춤을 출 때는 모두 입을 다물지 못한다. 우리의 방패연만이 할 수 있는 기막힌 재주이다. 외줄 위에서 쥘부채 하나로 온갖 재주를 다 부리는 얼음산이 같다. 얼레가 돌아오라고 당기면 얼굴에 불끈 심줄이 오른다. 어른 앞에서 이유 없는 반항이라도 하듯. 다시 얼레가 실을 풀어주면 제 세상인 양 능청스럽게 탈춤을 춘다. 훨훨 하늘을 날다가 다시 솟구치고 점점 멀어져 구름 속까지 아득하게 보일 때면 얼레의 실도 얼마 남지 않았다. 얼레를 쥔 손에 점점 힘이 들어간다. 웬만한 아이라면 그 무게를 감당하기 힘들 정도이다.

작은 고추가 맵다던가. 방패연은 조선의 씨름선수처럼 다부진 데가 있다. 서로 꼬리를 걸어 앞으로 갔다 뒤로 물러서는 사이 약한 놈이 끊어지게 마련이다. 머리를 맞대고 힘을 겨루지만 박 터지는 일은 없다. 뒤에서 조정하고 응원해 주는 얼레가 있어서 든든하다. 녹인 아교풀에 사기 가루를 섞어 실을 치장한다. 고슴도치 마냥 날카로운 가시 끝에 신경을 돋운다. 가까이 다가오기라도 하면 누구라도 베겠다는 듯 서릿발을 품고 산다. 어떤 외침에서도 끝내 물리치고 자주의 깃발을 높이 올린 조선인의 마음을 닮아서일까, 국제 연날리기 끊어먹기 대회에서는 번번이 우리의 방패연이 우승을 해 왔다. 수많은 오랑캐와 맨손으로 맞서 이 땅을 지킨 조선 백성들은 고추장을 좋아했다. 방패연의 멋은 붉은 고추장 맛에서 우러나온 것은 아닐까. 이마에 찍힌 단심이 말해

주듯 방패연은 자세를 흩뜨리는 법이 없다. 중국의 봉황연이며 일본의 오뚜기연이 돌풍을 만나 갈가리 찢어지는데 비해 오히려 바람을 타고 수직으로 비상한다. 물찬제비 같다. 불의에 굴하지 않는 조선의 선비답다.

연은 자신이 떠나야 할 때가 오면 미련을 두지 않는다. 세찬 겨울도 잠잠해지고 남쪽으로부터 봄소식이 전해질 때쯤이면 정월 보름을 맞이한다. 방패연은 사람들의 소망을 가슴 가득 보듬어 안고 희망을 찾아 먼 길을 떠난다. 그동안 얼레와의 질긴 인연도 끊어버리고 처음으로 누려보는 자유. 잠시나마 가슴 벅찬 해방감에 신이 나지만 곧 무중력의 불안에 휩싸인다. 돌아가려고 해도 이제는 때가 늦었다. 순간 박수갈채를 받으며 공중곡예를 했던 젊은 날이 스쳐 지나간다. 그러나 이제는 자신의 의지대로 할 수 있는 것은 아무 것도 없다. 늙은 몸과 허허로운 마음을 바람에 맡긴 채 그저 흘러갈 뿐이다. 가정이라는 울타리를 떠난 탕아가 늙고 병들어 의지할 곳으로 돌아가려고 해도 마음대로 할 수 없는 슬픈 마음이다. 그저 바람 부는 대로 훨훨 날다가 어느 마른 나뭇가지에 꼬리라도 걸리면 그곳에서 갈가리 찢기고 부서져 까치집을 지을 때 한 오라기 보탬이라도 된다면 그만이다.

연의 가슴에는 커다란 구멍이 뚫려 있다. 속도 없는 놈이라고 깔보는 이 있을지 모르지만, 겉으로는 멀쩡해도 간이고 쓸개까지 빼놓고 사는 사람이 어디 한둘인가. 그들보다 속 비우고 사는 연이 오히려 정직하다. 제 가슴 한 자락을 도려내 사람들에게 새해

소망 한 가지씩을 쓰게 한 뒤 꼬리에 매달고 희망의 나라로 떠나는 연. 사람들은 연이 재앙과 질병을 모두 떠안고 멀리 날아간다고 믿고 있다. 또 연에게 부탁하면 새해에 소망하는 모든 것을 이룰 수 있다고 믿는다. 그러나 떠나는 연은 대답이 없다. 그저 훨훨 미련 없이 하늘을 날 뿐.

삶과 죽음을 연결한 자일

영국 등반대가 에베레스트산을 올라가고 있었다. 며칠째 공격 조를 바꾸며 정상을 향해 도전했으나 매번 실패를 거듭했다. 이번에는 또 다른 세 명이 정상을 향해 한 발 한 발 무거운 발걸음을 떼어 놓고 있었다.

그때 갑자기 폭풍이 몰아치면서 작은 얼음 알갱이가 사정없이 쏟아졌다. 세찬 바람에 몸을 가눌 수도 없었다. 그저 바위 면에 몸을 붙이고 바람이 잦아들기를 기다릴 뿐이었다. 세 사람은 자일로 연결돼 있어 누가 실족이라도 하면 나머지 두 사람이 몸을 확보해야 했다. 개인은 바위 면에 굳게 박힌 핀에 고리를 걸고 그 고리에 자일을 끼워 몸을 의지한 채 죽음 앞에서 기도할 뿐이었다.

그러나 시간이 갈수록 상황은 점점 나빠지기 시작했다. 베이스 캠프에서 하산 명령이 떨어진 지 이미 한 시간이 지났으나 몸도 가눌 수 없는 지경이라 그대로 다른 방법을 찾을 수 없었다. 위대한 자연 앞에서 인간의 나약함을 스스로 인정해야만 했다. 머리 위에서 작은 눈사태까지 쏟아지기 시작했다. 갑자기 사방이 어두워지면서 광풍이 몰아쳤다.

이렇게 하기를 얼마나 긴 시간이 흘렀을까. 맨 아래 대원의 핀이 빠지면서 밑으로 추락하기 시작했다. 갑자기 자일이 팽팽해지면서 위에 매달린 두 사람까지 아래로 사정없이 낚아채는 것이었다. 이런 절박한 순간에서는 자일을 끊어 남은 한 사람이라도 살아야 하는 것이 산악인의 윤리라고 한다.

자일에 매달린 채 이리저리 바람에 흔들리면서도 삶을 포기할 수는 없었다. 상황은 더욱 나빠져 가운데 대원의 자일도 두 사람의 무게를 이기지 못해 바위 면에 자일이 쓸려 끊어질 지경이 되었다.

"자일을 끊어!"

누군가 고함을 쳤으나 바람 속으로 스며들 뿐이었다. 가운데 대원이 자신의 방한 목도리를 풀어 자일에 매어 아래로 내려 주었다. 맨 아래 대원은 스스로 결정했다. 자신이 떨어지지 않으면 모두 죽어야 하거늘 두 사람이라도 살아야 한다. 그래서 주머니 칼을 꺼내 몇 번이나 망설인 끝에 삶을 이은 자일을 끊었다.

영국으로 돌아갔을 때 세상 사람들은 가운데 대원을 두고 혼자 살려고 줄을 잘랐다며 지탄했으나 그는 변명하지 않았다. 오히려 자신이 동료 대원을 죽였다고 증언했다.

수십 년의 세월이 흘러 아래로 밀려 내려온 빙하에서 냉동 시신이 발견되었다. 떨어진 영국 대원은 목도리를 감은 채 얼굴에 미소를 띠고 조용히 잠들어 있었다. 왼손에 짧은 줄을 꼭 쥐고.

빗속의 운주사

  화순 운주사. 계속 내리던 빗물은 남도의 붉은 대지를 적시더니 개울물까지 살빛으로 물들였다. 30도를 치닫던 철 이른 무더위는 오랜만의 비로 한풀 꺾였고 빗속이라 오히려 쾌적한 여행이 되었다.

  입구를 들어서기 전에는 반드시 머리 수를 세는 문지기 앞을 통과해야 한다. 물건 세듯 하나 둘 손가락질을 받으며 철문을 통과했을 때 전에 없었던 낯선 일주문이 발길을 막는다. 운주사는 원래 일주문이 없었다고 한다. 이 계곡에 어울리지 않는 일주문이라면 건립에 앞서 무슨 근거가 있어야 하지 않았을까.

  잔디밭에 늘어서 있는 크고 작은 탑들. 오층탑, 칠층탑, 원형탑 거리의 간격도 맞춘 것 같지 않고 줄도 맞지 않는다. 그냥 편리한대로 그 자리에 적당히 배치한 탑에서 오히려 치밀한 질서를 본다. 자연에 버려진 하나의 천연물처럼 운주사의 탑들은 그렇게 수백 년을 묵묵히 버텨 왔다.

한 굽이를 돌면 천연의 바위 절벽 밑에 몇 구의 부처님이 서 있다. 서 있는 것이 아니라 기대 있다는 표현이 더 적절하겠다. 암벽에 몸을 의지한 채 무엇을 생각하는가 하면 굳게 다문 입술로 먼 산을 바라보고 있다. 크기도 제각각이다. 표정도 같은 것이라고는 하나도 없다. 공통점을 찾아내라면 고향이 같다는 점일 것이다. 운주사를 말할 때 천불천탑 운주사千佛千塔 雲舟寺라는 수식어를 붙인다. 돌탑이 천이요 부처가 천이라는 말이다. 일제 때의 〈운주사 유물유적 조사 보고서〉에 의하면 지금보다 규모가 월등히 컸던 것 같다. '60년대 말인가 내가 처음 운주사를 찾았을 때도 충격적이었다고 말하고 싶다.

키를 넘는 억새풀 속에 검은 돌탑들이 곳곳에 서 있었다고 기억된다. 그때까지 전혀 본적이 없었던 새로운 양식의 탑과 불상들. 발길에 채는 석탑재, 그 아래 콩이며 수수를 심었던 밭이랑, 밭에서 주워 던진 자갈 더미, 돌무더기에도 작은 부처와 떨어져 내린 불두佛頭들이 있었다. 군데군데 돌담을 친 농가의 초가가 있었고 감나무에는 새빨간 감이 익어 가고 있었다. 온통 딴 세계로 들어온 것 같은 환상이 아직도 머릿속에 남아 있는 것은 저녁놀이 핏빛으로 물들어 있었던 그날의 하늘 때문이었을까.

운주사 돌탑과 부처는 우리가 갖고 있는 고정관념으로는 이

해할 수 없다고 한다. 삼국 시대나 고려, 조선을 통해서도 운주사 석조물 양식과는 거리가 멀다. 중국이나 일본은 물론 멀리 티베트, 몽골, 인도의 불교미술 양식을 두고 볼 때도 공통점을 찾을 수 없다. 그렇다면 누가, 왜, 무엇 때문에 이런 구조물을, 그것도 한자리에 무수히 많이 세웠을까.

운주사 불교 유적을 연구하는 학자마다 서로 다른 학설들을 주장한다. 그러나 모두 추측일 뿐 뚜렷한 문헌 고증이 없다. 그렇다면 나도 추측해 볼 수 있지 않을까.

고려의 어느 종교 집단이 사랑으로 가득한 영원불멸을 꿈꾸게 되었다. 그들은 고달픈 현실을 벗어나 이상향을 건설하기로 했다. 신라 이래 불교를 믿어 왔지만 부처의 자비도 일부 귀족들에게만 베풀어졌다. 그들은 지배층의 억압을 피해 깊은 산골로 숨어들었다. 그리고 그곳에서 내세에 찾아온다는 미륵 부처님을 맞이하기로 했다. 현실 세계가 곧 이상향이요, 미륵이 천이나 있고 불탑이 천이나 서 있는 곳이야말로 극락정토라고 생각했다. 제각기 자신의 탑과 자신의 부처를 세웠다. 그것도 모자라 지상에서 가장 큰 미륵불을 세우려고 했다.

거대한 암반을 쪼아 길게 떼어 내 불두와 불신을 새겼고, 돌을 둥글게 깎아 둥근 탑을 세웠다. 외부와 일체 단절된 그들로서는 작업에 따른 참고 자료가 있을 턱이 없었다. 생각나는 대로 이웃끼리 서로 도와 가며 그렇게 돌탑을 세우고 부처를 조성했다. 처음에는 자신만의 부처를 만들었으나 집단의 공동체를 기념할 만한 규모로 바뀌면서 지상에서 가장 웅장한 부처로 발전했다.

그들은 밤낮으로 넓은 암반을 깎았다. 이 세상 아무도 본 적이 없는 미륵 좌상을 만들기 위해 돌을 쪼았다. 그리고 다른 작업 팀은 지금까지 볼 수 없었던 거대한 원형탑을 짓기로 했다. 그 공사는 착착 진행되어 탑신에 올릴 원형 덮개돌屋蓋石은 완성을 보았다. 탑이 완성되고 좌상이 세워지는 날, 그날이면 하늘이 열리고 미륵부처가 세상에 내려와 고통에 허덕이는 중생을 구제하는 날이 된다고 믿었다. 그러나 그 미륵불과 공든 탑은 완성을 보지 못했다. 수많은 탑과 불상을 만든 그들은 어디로 갔을까. 그들이 그토록 갈망하던 극락세계를 향해 집단 이주라도 했단 말인가.

운주사 계곡이 한 눈에 들어오는 바위에 앉아 생각에 잠겨 있을 때 빗방울이 다시 굵어진다. 후드득 떨어지는 빗방울은 연두색으로 물든 떡갈잎을 흔든다. 안개가 발아래 깔리면서 아래쪽에서부터 소나무 줄기를 조금씩 지워 나간다. 강변의 하얀 물안개인가. 새로 세운 절의 굴뚝에서 솟아오르는 저녁연기인가. 몇 가닥 기운이 서린다.

빗길에 미끄러지면서 와불이 있는 곳으로 갔다. 여러《문화유적 답사기》라는 책에서 한결같이 와불이라고 소개하는 이 미완성 석불 유적은 사실은 와불이 아니다. 결가부좌한 미완성 좌불이 다리를 포갠 채 하늘을 보고 누워 있는 형상이다. 옆의 협시불도 미완성인 채 같은 키로 서 있다. 반석의 생김새대로 아래쪽은 넓어서 가부좌한 자세의 부처를 만들기 위해 두 다리를 교차시켰다. 머리 쪽은 원래 좁아서 약간의 정과 망치질만으로 불두가 되었다. 법의 자락은 선으로 처리했다. 이 거대한 불상을 어떻게 세우려고 했을까. 세우지 않고 영원히 누워 있게 했다면 왜 입상이 아니고 가부좌한 자세의 좌상으로 깎으려 했을까.

여기서 아래쪽에 있는 원형 석재들도 풀리지 않는 수수께끼로 남아 있다. 둥글게 깎은 일곱 개의 석재들이 바닥에 아무렇게나 놓여 있는 것을 두고 어떤 책이나 한결같이 북두칠성이라 적고 있다. 한술 더 떠서 문화 유적 답사기라는 책은 북두칠성의 일등성과 이등성의 위치나 방향이 딱 들어맞는다며 고대인의 천문 관측술까지 들먹인다. 그렇다면 아래쪽 현재 세워진 원형탑의 덮개돌은 무엇을 말하는가. 곳곳에 탑재석을 잘라 낸 흔적과 산에서 끌어내리다 둔 석재는 무엇이라 설명해야 할까.

어떤 한 사람의 추측이 문자화하면 다음 사람은 아무 검증 없이 그 자료를 옮겨 적는다. 그렇게 하여 많은 인쇄물에서 정답인 양 표기되면 그것이 곧 정설처럼 되는 수도 있다. 운주사 천불천탑이 바로 그런 예에 속한다. 얼마나 무책임한 일인가.

누가 몸에 무엇이 좋다고 하면 수많은 사람들이 그리로 몰려간다. 여기에 무엇이 볼만하다고 하면 너나 할 것 없이 몰려가 환경을 해치고 생태계를 파괴한다. 검증되지 않은 학설이 유행병처럼 일반인의 사고를 오염시킨다. 유행은 인간이 무리 지어 살 때부터 갖고 있던 습성은 아닐는지. 원시사회의 내재된 버릇이 아직도 무리를 짓는다. 유행을 따르지 않는다는 것은 무리에서 탈

락하는 것이라고 생각하는 것 같다. 지식의 샘물을 길어 올리기 위해 책을 찾는다기보다 유행을 좇아 베스트셀러를 찾는다. 문화 답사기가 잘 팔리면 생태 답사기, 먹을거리 답사기, 답사기, 답사기가 판을 친다.

여우비 내리는 운주사. 와불 아닌 미완성 좌불 옆에 두꺼비 한 마리가 이끼 낀 바위를 기어오르고 있다. 떨어지면서도 힘겹게 한 발짝씩.

합죽선

명창 박동진 옹의 소리는 언제 들어도 힘이 넘친다. 넓은 무대에 홀로 서 있지만 오히려 무대가 좁은 것 같고 온몸으로 외치듯 쏟아내는 소리가 넓은 객석까지도 압도한다. 무대는 텅 비어 있고 손에 합죽선 하나를 들고 있을 뿐, 피를 토하듯 몇 시간을 쉬지 않고 쏟아내는 저 힘의 원천은 어디일까.

뼈대 있는 가문에서 태어난 귀하신 몸이 바로 합죽선合竹扇이다. 얇은 한지에 등을 맞댄 댓살은 종이가 구겨질 때마다 저희들끼리 서로 웅크리고 지낸다. 일을 할 때면 손바닥을 펴듯 옆으로 나란히 줄을 선다. 바람을 일으키는 일을 하지만 쓰는 이에 따라 소임이 달라진다. 부채라는 이름을 얻었으나 온종일 제자리를 맴도는 선풍기처럼 경박하게 굴지 않는다. 그저 여유를 부리며 설렁설렁 허리를 흔들 때마다 주인의 수염이 날리고 소맷자락이 나

부낀다.

동양 삼국 중에서도 우리의 합죽선은 기능 면에서나 심미적인 면에서 우수한 점이 많다. 우선 중국의 합죽선은 우리와 많은 차이가 있다. 같은 대를 갈라 부채를 만들었지만 너무 크고 투박하여 손안에 들지 않는다. 부채란 손에 쥐고 힘들이지 않고 흔드는 것이어야 하거늘 중국의 합죽선은 혼자 감당하기에 벅차다고 할 정도로 크다. 댓살과 댓살의 간격이 넓고 길어서 종이가 찢어지기 쉽다. 게다가 뼈대가 너무 굵고 뻣뻣하여 탄력이 적으니 바람이 제대로 날 리 없다.

일본의 합죽선은 어떤가. 댓살이 촘촘하고 규모가 앙증맞으나 부채 면에 그려진 그림이 지나치게 치밀하다. 더구나 댓살에 구멍이 뚫려 있어 바람이 새나가고 작아서 휴대할 때 좋을지 몰라도 시원한 바람을 얻기에는 적당치 못하다.

우리의 합죽선은 언제 보아도 미려하다. 옛 생활도구로 합죽선만큼 우수한 것도 흔치 않을 것이다. 댓살을 깎을 때도 기능을 고려하여 아래쪽은 두껍고 끝으로 가면서 얇아서 흔들었을 때 탄력이 좋다. 댓살에 한지를 바르고 한없이 넓어 보이는 그 순결한 공간에 묵죽墨竹이나 묵란墨蘭이라도 그려 넣으면 더욱 격조 높은 예술품으로 살아난다. 가장자리의 굵은 댓가지도 예사로 둘 수 없다. 손잡이 부분에는 상아를 깎아 붙이거나 물소뿔水牛角을 장식하는데 견고성과 함께 손에 닿는 감촉을 시원하고 매끄럽게 하기 위해서이다.

선비의 휴대품 가운데 합죽선이야 말로 가장 중요한 필수품이나 마찬가지였다. 바른 몸가짐을 위해 의관을 정제하듯 합죽선을 갖지 못했다면 의복의 옷고름이 풀어진 것쯤으로 생각했다. 부채의 기능은 다양하다. 도포자락을 휘날리며 길을 걷다가 못 볼 것이라도 맞닥뜨리게 되면 부채를 펼쳐 얼굴을 살짝 가리는 시늉을 하면 된다. 또 길에서 남의 부인과 마주칠 때도 합죽선으로 얼굴을 가려 선비의 예절을 지켰다. 볕이 뜨거울 때는 햇볕을 가리고. 대청에 앉아 아랫사람들의 작업을 독려할 때는 접어서 지휘봉 대신으로 썼다. 손아래 사람들이 모여 있는 옆을 지날 때는 접은 부채로 손바닥을 탁탁 치면서 헛기침을 했다. 내가 여기를 지나고 있으니 혹 저희끼리 상전의 흉이라도 보고 있으면 잠시 멈추라는 뜻이었으리라. 합죽선이 있기에 옛 선비들의 멋이 살아있고 사대부의 위엄을 세울 수 있었다.

풍류를 아는 선비라면 합죽선의 의미와 그 가치도 충분히 알고 있었을 것이다. 합죽선은 물질적으로 보면 바람을 일으켜 더위를 식히는 한 자루의 용구에 지나지 않는다. 조정에서는 해마다 단옷날이 되면 신하들에게 부채를 내려 주었다. 건강한 여름을 보내고 나라를 위해 큰일을 해 달라는 군왕의 뜻이 담겨 있는 선물이었다. 그중에는 호사스럽게 만든 합죽선도 있었을 것이고 간단한 자루 부채도 있었을 것이다. 장마철에는 종이에 기름을 먹인 부채를 휴대하여 갑자기 소나기가 쏟아질 때 우장 대신 머리를 가리고 비를 피했다.

부채의 아름다움은 명주실을 꼬아 만든 삼색 수술과 함께 선추扇錘를 매달아야 완성된다. 선추는 재질도 다양하여 비취翡翠나 홍옥紅玉, 상아 같은 고급재질에 갖가지 무늬를 조각하여 부채에 매단 장식품이다. 때로는 흑단이나 자단 같은 고급 목재를 쓰거나 대추나무로 깎은 선추를 매달기도 하고, 목재에 거북껍질玳瑁이나 자개를 붙여 옻칠로 멋을 내기도 했다.

옛 선비들의 휴대품에는 부채 외에도 표주박이나 지필묵이 있겠지만 손에서 언제나 떠나지 않는 것은 합죽선뿐이었다. 그렇다고 해서 합죽선이 선비들의 전용물은 아니었다. 외줄 위에 목숨을 실은 어름산이는 합죽선 하나로 몸의 균형을 잡아 온갖 재주를 다 부린다. 부채를 펼칠 때마다 외줄 위에서 하늘을 날고 한 발 한 발 걸을 때마다 부채를 통해 미세한 기류를 포착한다. 서양의 서커스 외줄타기 재주꾼이 긴 장대를 들고 몸의 균형을 잡는 것에 비하면 얼마나 어렵고 기막힌 기예인가.

어디 그뿐인가. 우리의 음악 장르 중에서 종합 무대예술이라 할 수 있는 판소리에 합죽선이 없다면 얼마나 무미건조한 공연이 되겠는가. 판소리의 무형문화재 박동진 옹의 적벽가 완창도 합죽선이 있기에 가능한 일이었다. 물론 고수가 빠져서는 안 되겠지만, 고수는 북으로 장단을 맞출 뿐이다. 넓은 무대에 소도구라야 합죽선 하나만 달랑 들고 수궁가, 심청가, 흥보가를 완창할 수 있는 저력은 어디서 나오는 것일까. 서양의 오페라에서는 웅장한 무대미술이며 출연자들의 화려한 의상에다 갖가지 소도구를 완

비해도 어딘가 빈틈이 있어 보이는 데 비해 우리의 판소리 무대는 소리꾼과 고수 단 두 사람으로 무대를 꽉 채울 수 있다. 소리꾼이 들고 있는 합죽선 하나로 추임새를 대신하고, 극적인 효과를 얻으며, 관객의 시선을 사로잡는다. 접으면 오케스트라의 지휘봉이 되기도 하고 펼쳐서 무대가 바뀌는 것을 대신한다. 바로 겨레의 소리이며 힘의 원천인 판소리가 이 합죽선의 연출에 따라 희로애락을 표현하고 있는 셈이다.

우리 문화는 백자의 간결한 맛에서 느껴지듯 고아한 멋을 중요하게 생각한다. 결코 겉으로 드러나는 번쩍임이 없이 속에서 우러나오는 심미적인 가치를 높이 받든다. 부채를 들고 추는 선비무에서는 느리지만 절제 있는 간결한 아름다움이 있다. 커다란 부채를 펼치면 넓은 도포자락처럼 온통 하늘을 가리고, 접으면 소매 속에 감출 수 있다. 부채를 들고 추는 군무에서도 마찬가지다. 곱게 차려입은 무희들이 부채를 펴고 원을 그리며 빙글빙글 돌 때면 나비들이 꽃밭을 날 듯 중력을 거부하는 몸짓이다. 합죽선이 있기에 한국인만의 독창적인 부채춤을 예술로 승화할 수 있었다.

바람을 일으키는 합죽선은 월드컵 축구제전을 맞이하여 우리나라를 알리는 좋은 자료가 되고 있다. 여름을 시원하게 보내려는 관광객이 한국의 공예품인 합죽선을 즐겨 찾기 때문이다.

이모의 비단 주머니

세 시간을 넘게 고속버스를 타고 다시 택시를 바꿔 탄 끝에 상가에 도착했다. 노인이 혼자 외롭게 살았던 터라 마을 어른 몇 분과 낯익은 친척들만 모여 있었다. 떠들썩한 시골 상가의 호상꾼은 기대하지 않았지만 너무 조용한 터라 빈소에 엎드려도 눈물이 나오지 않았다.

밖으로 나오니 대문간에 헌 옷가지를 내다 놓고 불태우고 있었다. 이불이며 베개, 옷가지 틈에서 낯익은 스웨터가 눈에 띄었다. 불길은 스웨터의 올을 오그라뜨리며 거세게 타올랐다. 이모가 그토록 아꼈던 옷인데……. 인생의 흔적이 이렇게 한 줌 재로 사라지고 말다니. 낡은 스웨터를 보니 생각나는 일이 있었다. 생전에 이모는 스웨터를 매만지며 말했다.

"내가 죽거든 베옷을 입히지 말고 이 옷을 입혀서 묻어주어. 땅속은 너무 추울 것 같구나."

그제야 눈시울이 시큰거렸다.

세상이 어지러우면 사람의 마음도 스산해지는 법이다. 그래서 대개들 마음을 잡는 방법을 한 가지씩 가지고 있게 마련이다. 어떤 사람은 여행을 떠나기도 하고, 신앙인은 기도로 마음을 다스리며 때로는 힘든 운동을 하여 몸과 마음을 추스르기도 한다. 내 경우는 일상을 떨쳐 버리고 목적지 없이 여행을 떠날 때도 있다.

지난 연말, 세상이 뒤숭숭하여 덩달아 일도 풀리지 않아 여간 스산스럽지 않았다. 송년회라는 이름으로 하루가 멀다 하고 모임이 열렸지만 사람 만나는 것이 싫었다. 그래서 어두컴컴한 사무실 구석에서 혼자 보내는 시간이 많았다. 그러다가 어디 겨울 바닷가라도 찾을까 망설이고 있었는데 이모가 돌아가셨다는 부음을 받게 되었다.

젊은 나이에 이모부를 먼저 보낸 이모는 당신이 낳은 자식이 없어 양자를 들였다. 이모부의 동생이 마침 아들이 둘이어서 장조카를 다섯 살 때 양자로 맞아들였다. 여자 혼자 힘으로 갖은 고생을 다해 가며 아들을 대학까지 공부시켰다. 사범대학을 졸업한 아들이 고향 중학교로 발령을 받았을 때 이모는 얼마나 자랑을 했는지 모른다. 그러나 아들은 교사 생활 삼 년 만에 시골에서 더 이상 살 수 없다며 도시로 나가 학원 강사로 일했다.

이모는 아들을 따라 도회지로 가는 것이 싫었다. 시골에 남아 소일거리로 텃밭을 일구며 외롭게 살았다. 주위에서는 아들한테

가서 손자들의 재롱도 즐기면서 사시라고 권했지만 듣지 않았다. 이모부의 산소를 보살펴 드려야 한다는 것이었다. 그런 이모가 돌아가셨다는 것이다.

내가 마지막으로 찾아갔을 때 이모는 고희를 넘긴 단아한 노인이었다. 주로 마을의 젊은 주부들을 모아 놓고 뜨개질을 가르쳐 주는 것이 이모의 주된 일과였다. 뜨개질 할 때만은 활기차고 자신감에 넘쳤다. 마을 아가씨들이나 젊은 아낙네도 이모의 솜씨를 흠모할 정도였다. 그러나 내 기억에 남은 것은 놀라운 뜨개질 솜씨도, 형형색색의 아름다운 털실도 아니었다. 이모가 입고 있는 붉은 스웨터였다. 그 옷은 마치 때깔에 절어 윤기 나는 고가구 같은 느낌이었다. 낡은 스웨터였지만 참 보기 좋다는 말에 이모는 소녀처럼 미소를 지었다.

이모의 스웨터는 젊은 시절 이모부가 생일선물로 사 주신 것이라 했다. 처음엔 코트처럼 길게 뜬 것인데 잦은 빨래에 줄어들어 이제는 스웨터가 되어 버렸다는 것이다. 더 인상적인 것은 소매였다. 몸통의 붉은색보다 조금 선명한 색깔의 소매는 양쪽이 서로 같은 색이라 일부러 그렇게 만든 것처럼 보였다. 이모는 낡은 소매를 잘라내고 짧아진 소매를 비슷한 색으로 덧대어 뜨개질한 것이라 했다. 그런데도 푸른 단추가 달린 그 옷은 참으로 고와 보였다. 사람들마다 탐을 낸다는 것이었다. 또 낡아서 못쓰게 된 옷에서 단추만 떼 놓았다가 단 것이라며 사실은 폐품을 재활용했다고 쑥스러워 하셨다.

서울로 돌아와서도 참 알뜰한 옷이구나 하는 생각이 머리에서 떠나질 않았다. 요즘처럼 소비 지향적 시대에 어떤 물건을 그리 오랫동안 간직하고 애정을 담는다는 것이 어디 흔한 일인가. 더구나 나라 살림이 어려워 모두 몸을 움츠리게 하는 때였으므로 이모의 일이 기억에 오래도록 남았는지 모른다. 돌이켜 보면 우리의 무분별한 소비생활이 지금의 어려움을 불러왔는지도 모른다.

그 원인을 차근히 따지고 보면 자신의 욕심 때문이 아닐까. 주어진 것에 만족하지 못하고 더한 것을 탐내는 마음. 게다가 탐심을 이기지 못하고 휘둘리는 약한 마음은 욕심이 시키는 대로 행동할 수밖에 없다. 자신을 다스릴 줄 아는 사람은 언제나 자신감이 넘친다. 낡은 스웨터를 십 년째 입고 있다 하더라도 부끄러울 것이 없다. 욕심을 다스릴 줄 아는 사람에게는 멀리서도 느낄 수 있는 향기가 있기 때문이다. 그것이 그 낡은 스웨터를 어떤 고급 옷보다도 더 아름답게 만든 원인이 아닐까 한다.

정말 어려운 시기를 견뎌야 하는 우리에게 필요한 것은 무엇일까. 그것은 아마도 자신감을 회복하는 것이 아닐까. 누가 뭐라고 해도 당당하게 나설 수 있는 자신감 말이다. 그러기 위해서는 우리가 정작 잃어버리고 있었던 것이 무엇인가를 찾지 않으면 안 된다.

새로운 마음을 가다듬기 위해서라도 서울로 돌아가면 여행을 떠나자. 작지만 소중한 삶의 지혜들, 그리고 아름다운 자연이 주는 커다란 교훈들을 통해서 나를 돌이켜 보자. 그래서 십수 년 된

낡은 스웨터를 입고도 늘 자신감에 넘쳐 있었던 이모처럼 소박하지만 자신감에 넘치는 사람들을 많이 만났으면 좋겠다.

착잡한 마음으로 돌아오는 차 안에서 이모의 비단 주머니를 열었다. 불타는 유품들 속에서 유난히 눈에 띄는 것이 있어 코트호주머니에서 넣어 두었던가 보다. 바늘쌈지와 크고 작은 단추, 그리고 때깔 좋은 십자형 실패에 몇 올의 털실이 감겨져 있었다. 그 보다도 내 마음을 아리게 한 것은 빛바랜 사진 한 장. 늠름한 사내가 붉은 스웨터를 입은 아낙 뒤에 서 있는 사진이었다. 평생 사진 한 장을 가슴에 품고 어려운 세상을 살다 가신 이모는 이제 꿈에서나 볼 수 있을까. 차창 밖으로 때 아닌 겨울비가 내린다.

백자 각병

내 책상 맞은편에는 작은 백자병 하나가 놓여 있다. 책을 읽다가 가끔씩 고개를 들면 가장 먼저 이 그릇이 눈에 들어온다. 책장의 칙칙한 책들 사이에 좁은 공간을 마련하고 그기에 백자병을 얹어 놓았다. 백자라고 했지만 사실은 흰색은 아니다. 푸른빛이 섞인 희뿌연 색깔이다. 결코 세련된 흰빛이 아니라 새벽 시골길에서 보게 되는 안개 빛이다.

안개 속에서는 모든 물체가 선명하게 보이는 법이 없다. 언제나 얼마간의 거리를 느끼지 않을 수 없다. 백자의 색채가 바로 그 안개 빛이어서 더욱 신비롭게 보이는지 모른다. 푸른색이 도는 회청색이거나, 우윳빛이 섞인 유백색과 녹색을 띤 회녹색일 때도 마찬가지이다.

지금 내 책장에 놓인 백자병도 그저 평범하다면 평범한 그런 그릇에 지나지 않는다. 키는 한 뼘을 넘지 않았고, 입이 좁아서 답답하게 느껴질 때도 있다. 목이 짧고 아래쪽 병의 몸통 부분은 오동통한 것이 전체적으로 보면 땅딸보라고 해야 옳을 것 같다. 아래쪽 배 부분이 둥글고 긴 목을 한 백자 학병鶴甁이 각선미를 뽐내는 패션모델이라면 각병은 오동통하게 살찐 중년 부인 같은 모습이다.

흰 병으로서 청화당초문靑華唐草紋 정도는 그려 넣었을 법한데 그저 소박한 백자의 태토를 유지할 뿐이다. 이 그릇을 빚은 도공은 당시 페르시아에서 수입해 오는 청남색 유약을 구하기 힘들었는지 모른다. 고심 끝에 그 도공은 유약 대신 그릇의 단조로움을 보완하는 기교를 스스로 터득하지 않으면 안 되었다. 그는 수많은 시행착오 끝에 표면을 각이 지게 깎아서 단조로움을 해결하는 데 성공했다. 그것도 배 부분만 모가 나게 했고 목에서 입 부분은 둥글게 그냥 두어 변화를 주었다.

내가 아끼는 이 백자병은 죽 뻗은 팔등신 미인도 아니오, 잘 차려입은 귀부인 또한 아니다. 그저 생긴 대로 제 편한 대로 착하게 사는 시골 아낙 같은 순박한 모습이다. 더구나 밑으로 내려가면서 점점 굵어진 몸통은 안정감은 있으나 텁텁하게 보인다.

백자 앞에 앉으면 애틋한 옛 이야기를 들을 수 있을 것 같다. 그렇지만 수백 년의 세월 동안 누구에게도 밝힐 수 없는 비밀들을 간직했는지 백자는 아직도 입을 열지 못한다. 열려 있는 귀를 통해 차곡차곡 쌓아 온 사연들로 가슴이 부풀었다. 그러나 비밀을 간직할수록 마음은 외로워질 뿐이다. 나는 가끔씩 백자의 가 없는 마음에 무엇인가 채워 주려고 맑은 물을 붓는다. 그리고 한 송이 작은 국화를 꽂아 본다. 그러나 꽃은 이내 시들고 더욱 커다 란 마음의 상처로 남을까 걱정할 뿐이다.

내가 이 백자병과 인연을 맺은 것은 30여 년 전이다. 대학에 들 어가서 첫 여름방학을 맞았다. 고교 시절 조각에 눈을 뜨게 한 미 술 선생님께 인사차 들렀더니 작업실 한 구석에 많은 백자 항아 리며 병을 늘어놓고 감상하고 계셨다. 그때 선생님께서는 내게 마음에 드는 것이 있으면 한 점 골라보라고 하셨다.

처음엔 농담이신 줄 알았는데 계속 한 점 가지라는 말씀에 앞 에 놓인 작은 병을 가리켰다. 선생님께서는

"역시 안목이 있어 귀한 것을 고르는군." 하시면서 손수 신문지 로 싸 주시는 것이었다.

그렇게 해서 얻은 백자병은 지금까지 이사를 갈 때마다 가장 먼저 챙기는 물건이 되었다. 당시에는 그렇게 정이 든 물건이 아 닌지라 잊고 지냈는데 내가 서울로 이사를 하게 되면서부터 언제 나 나와 가장 가까이 지내는 물건이 된 것이다.

도자기에 관심을 가지고 난 뒤 내가 완상했던 자기가 한 점 있 었다. 밑면이 풍성하고 긴 목을 시원하게 뽑아 올린 조선 술병이 었다. 그 병에는 푸른 비늘이 가득한 용이 갈기를 휘날리며 백자 를 감싸고 있는 청화백자 운룡문병靑華白盗 雲龍紋甁이었다. 학생 들을 지도하기 위해 화실 정물대 위에 얹어 놓고 모델로 쓰다가,

붓을 꽂아 놓기도 했다. 어느 때 펜치로 무엇인가 고장난 것을 고칠 일이 생겼다. 작업 중에 펜치를 테이블 위에 밀어 놓는다는 것이 잘못하여 백자병에 맞고 말았다. 그래서 백자 표면의 용은 발가락이 떨어져 나가고 말았다. 깨어진 사금파리 조각을 찾아 본드로 붙이고, 상처 부위가 뒤로 가게 돌려놓았지만 찜찜한 마음은 지울 길이 없었다. 결국 그 병을 좋아하는 후배의 손에 넘겨주고 말았다.

백자병 한 점에 마음을 빼앗긴 후부터 인사동 골동품 상가를 기웃거리게 되었고 갖가지 고미술품 관련 서적도 읽게 되었다. 그리고 용돈이 생기면 분수에 맞는 신라 토기며, 조선 백자 접시나 제기 같은 것들을 사 모으게 되었다.

어느 해 이웃으로 이사를 하게 되었다. 미리 헌 신문지로 백자병이며 갖가지 낡은 그릇들을 조심스럽게 싸서 사과상자에 차곡차곡 넣었다. 가장 소중한 물건이라고 나중에 가져가기 위해 옆집 방문 앞 쪽마루에 얹어 놓았다.

그리고는 이삿짐을 풀어 대충 정리를 한 다음 날 백자를 넣은 상자가 생각났다. 집안을 아무리 찾아도 상자는 보이지 않았다. 그래서 전에 살던 집에 찾아가 상자의 행방을 물었더니 골목 밖의 재활용 쓰레기 상자를 보라고 했다. 옆집에서 신문지를 모아 놓은 것으로 착각하고 버렸다는 것이었다. 골목으로 달려갔다. 상자에 신문지 더미가 쌓여 있었다. 선뜻 신문지를 헤치고 찾아보기가 두려웠다. 만약 없으면 어떻게 할까 하는 마음이 앞섰다.

뒤따라 온 아주머니가 신문지 뭉치를 헤치자, 그 속에서 도자기의 하얀 표면이 반짝하고 드러났다. 나도 모르는 사이 휴- 하는 긴 숨소리가 터져 나왔다.

그 후부터는 이 백자병과 한 번도 떨어지지 않고 지내고 있다. 아마 앞으로도 백자병은 내 책장의 한 공간을 차지하여 나와 함께 지내게 될 것이다.

마음이 조급하고 무엇인가 어려운 일이 있을 때 백자를 바라보면 편안함을 얻는다. 결코 화려하지 않은 색채하며, 남에게 자신을 드러내지 않는 자태에서 선비정신을 읽는다. 하루의 생활 중에 내가 행한 무례함이며 남의 마음을 아프게 한 것은 없는지. 저 백자의 과묵함을 닮을 수는 없을까. 우주를 포용할 것 같은 넉넉함을 느끼기에 백자병을 늘 가까이 두고 있다.

손수건을 꺼내 백자의 어깨를 문지른다. 매끄러운 표면에서 오랜 동반자인 양 백자의 숨결이 느껴질 것만 같다.

싸리비

마당에 몇 포기의 고추 모종을 심었다. 연약한 줄기가 쓰러지지 않도록 막대기를 세워 주어야 했다. 지주로 쓸 적당한 막대기를 찾아 이리저리 돌아보는데 구석 자리에서 닳아빠진 싸리비가 눈에 띄었다. 얼마나 오래되었는지 굵은 줄기만 몇 가닥 가위표로 묶여 있을 뿐 거친 쓰레기도 치울 수 없을 것 같았다. 이 싸리비는 선친께서 손수 묶은 물건이다. 언제나 집안에서 가장 먼저 일어나 마당을 쓸고 골목까지 쓸어낸 뒤 세수를 하신 분이시다. 부지런한 아버지가 늘 손에서 놓으셨던 몽당비가 아니던가.

가을이면 아버지와 나는 노음산으로 싸리를 베러갔다. 한 짐 가득 싸리나무를 베어오면 곧은 줄기는 곶감을 말리는 꼬챙이로 썼다. 그 당시에는 집집마다 곶감을 말리던 때인지라 싸리줄기를 찾는 일도 쉽지 않았다. 힘들여 베어온 싸리줄기에서 구부러지고 못 쓰는 것이라도 가지런하게 묶으면 싸리비가 되었다. 타작마당에서 알곡을 거둘 때나 겨울에 눈이 내렸을 때는 아주 요긴하게 쓰였다. 가을날 마당에 날리는 가랑잎도 싸리비가 아니면 쉽지 않았다.

어느 해 겨울 사랑방 부엌 아궁이에 군불을 지피고 있었다. 아궁이 주변의 땔감을 쓸어 올리다가 다른 일에 정신이 팔렸던가 보다. 잠시 후 돌아왔더니 싸리비에 불이 붙어 반이나 타들어가고 있었다. 허급지급 불은 껐으나 그 일로 아버지로부터 크게 꾸지람을 들었다. 회초리의 매운 맛을 처음 느낀 때가 아닌가 한다.

지금 생각하면 우리 아버지는 참으로 위대한 분이셨다. 어려웠던 시절 7남매를 배불리 먹였다는 한 가지 일만으로도 큰 어른이 아니던가. 내가 나이를 먹고 자식을 키우다 보니 우리 어버이 세대들이 얼마나 어렵게 살아 오셨는지를 조금이나마 느낄 수 있을 것 같다.

학교에서 점심시간에 하얀 쌀밥 대신 보리밥 도시락을 펼치는 것이 싫었다. 이런 저런 핑계를 대며 도시락을 두고 가는 날이 많았다. 그것을 눈치챈 아버지는 당신의 도시락을 내 책가방의 것과 바꿔 놓으셨던가 보다. 학교에서 도시락 뚜껑을 조금 열고 보았더니 하얀 쌀이 반 이상이나 섞여 있는 것이 아닌가. 게다가 계란 프라이까지. 친구들 앞에서 자랑스럽게 도시락을 펼쳐 놓았으나 자꾸만 목이 메어 왔다.

아버지의 싸리비는 사라졌으나 싸리나무라는 말만으로도 자식을 걱정하셨던 아버지의 회초리가 생각난다. 나도 마음속에 하나의 싸리 회초리를 세워두련다. 마음이 흐트러지기 쉬울 때마다 정갈하게 쓸어내리는 나만의 싸리비를 하나 묶어야겠다.

모과를 화폭에 담으며

4

어머니의 부엌 아궁이

부엌문을 들어서면 맨 먼저 아궁이가 눈에 들어온다. 오랫동안 쓰지 않았던 부엌인지라 침침한 실내는 눅눅한 이끼 냄새를 품고 있었다. 눈이 익숙해지면서 연장통이며 비닐 물통, 고무호스 같은 물건들이 어지럽게 흩어져 있었다. 시골에서도 땔감이 석유나 가스로 바뀌면서 난방도 보일러 시스템으로 개량되었다. 그런 까닭에 부엌은 조리와 난방이라는 제 기능을 잃어버리고 창고가 되고 말았다. 안방에 딸린 찬방에 싱크대를 설치하는 것으로 입식 부엌으로 바뀐 것이다.

이제는 아궁이 또한 제 할일을 잊은 지 오래다. 바닥에 턱을 묻은 채 시커먼 입을 벌리고 바보처럼 무료한 하품을 토한다. 한때는 이 아궁이도 시뻘건 불을 삼키고 꼬리 쪽 굴뚝으로 연기를 뿜어 올리며 자신이 살아 있음을 알렸다.

아궁이 앞에 쪼그리고 앉으면 내 어릴 때 모습이 되살아난다. 어머니는 아궁이 앞에서 일어서실 때마다 "아이구, 이놈의 다리야!" 하면서 힘들어 하셨다.

부뚜막에서 상을 차리는 일이며 조리를 할 때도 허리를 굽혀야 했고, 아궁이에 땔감을 한 개피씩 넣을라치면 몸을 최대한 낮추어야 했다. 그래서 쪼그리고 앉아 일을 하는 어머니는 언제나 무릎 관절이 좋지 않으셨다.

누구나 그렇겠지만 특히 내게 있어서 아궁이는 유년 시절의 수많은 이야기를 감추고 있는 추억의 장소이다. 어머니는 어린 내게 사내대장부는 부엌에 자주 들어오면 안 된다고 하면서도 불은 살아 있는 짐승처럼 무서운 것이라며 불씨를 다루는 방법을 알려주곤 하셨다. 불을 지필 때는 맨 먼저 지푸라기 같은 것을 태우고 나중에 나뭇가지를 얹고 불꽃이 일어 잘 타들어갈 때 굵은 장작개비를 넣으라고 일러주셨다. 아궁이 앞에 앉은 내가 못 미더운지 어머니는 일을 하는 틈틈이 밖으로 불길이 나오지 못하도록 땔감을 더 깊이 넣는 것을 도와주곤 하셨다.

고래 속으로 활활 타들어가는 불꽃의 눈부신 이글거림은 두려우면서도 호기심을 불러일으키기에 충분했다. 이따금씩 얼굴에 확 끼치는 뜨거운 기운 또한 야릇한 흥분을 느끼게 했다. 그때는 왜 그렇게 불꽃이 좋았던지…….

아궁이는 우리 형제를 불러 모으는 장소였다. 장작이 타고 나면 잿불에 감자며 고구마를 묻어두었다가 꺼내 먹는 맛 또한 잊을 수 없다. 감자보다 고구마가 훨씬 달다. 잘 익은 군고구마는 너무 뜨거워 손을 번갈아가면서 껍질을 벗겼다. 입으로 호호 불어 식히면서 조금씩 베어 물고 혀로 굴리면서 먹으면 달착지근한 맛이 무엇과도 바꿀 수 없다. 구워 먹을 수 있는 것이 어디 감자와 고구마뿐이겠는가. 철따라 밤이나 땅콩에서 옥수수도 잿불에 구워 먹었다. 옥수수는 껍질을 벗기지 않고 약한 불에 묻어야 하고, 밤은 껍질을 조금 까서 묻어야 폭발을 막을 수 있었다.

어머니가 밀가루 반죽을 밀어 칼국수를 할 때면 옆에서 기다리게 마련이었다. 방석처럼 넓게 민 반죽을 접어 양쪽 끝자락을 잘라내게 되는데, 펴면 어른 손바닥만큼이나 넓었다. 그 자투리를 국시꼬랭이라 불렀는데 언제나 우리 형제들 차지였다. 아궁이의 잿불을 앞으로 조금 꺼내고 그 위에 국시꼬랭이를 얹으면 금방 살아서 꿈틀꿈틀 부풀어 올랐다. 수포 끝이 노릇노릇하게 구워지는 것은 잠시뿐. 이렇게 구운 밀가루빵은 훌륭한 간식거리였다.

먹을거리가 귀했던 시절에는 계란도 쉽게 구할 수 있는 것이 아니었다. 날계란 한두 개를 풀어 실파를 썰어 넣고 소금 간을 해 찜을 하면 온 식구가 나누어 먹을 수 있었다. 계란껍질도 귀한 것인지라 한쪽에만 구멍을 뚫고 속에 든 내용물을 쏟아내었다. 이렇게 얻은 껍질에 쌀을 한 숟가락 넣고 물을 부었다. 굵은 소금 몇 알로 간을 하여 숯불에 올리면 금방 물이 보글보글 끓으면서 쌀이 부풀어 올랐다. 껍질 밖으로 밥알이 솟아오르면 꺼냈다. 껍질을 벗기면서 먹는 뜨겁고 고소한 밥. 우리는 한 줌도 안 되는

알밥이었지만 고소한 맛이 좋아 계란밥이라고 불렀다. 그 기막힌 계란밥의 맛을 재현해 보고 싶다.

어머니가 묵을 쑬 때는 내가 아궁이에 불을 지피는 것을 도왔는데 짚이라는 것이 잘 타는 땔감이 아니었다. 너무 많이 넣으면 연기만 날 뿐 타지 않았고, 그렇다고 조금씩 넣으면 불길이 훅 하고 타오르다 꺼져버렸다. 짚을 적당한 몫으로 나누어 계속 넣다 보면 어느새 솥에서는 걸쭉한 도토리죽이 되고 그릇에 퍼 담아 식히면 묵이 되었다. 아궁이는 짚을 태운 재로 하나 가득 차게 마련이었다. 마당에 커다란 옹기 자배기를 두고 그 위에 나무 삼발이를 얹었다. 그리고 바닥에 짚을 깐 시루를 얹고 재를 가득 채웠다. 시루에 물을 붓고 아래로 떨어진 잿물을 받았는데 노리끼리한 것이 손으로 만지면 가루비누처럼 미끈거렸다. 이 잿물에 이불 호청이며 작업복, 두루마기 같은 큰 빨래를 담그면 때가 잘 빠졌다. 지금 생각하면 어머니는 모든 것을 아껴 쓰는 분이셨던 것 같다. 장작을 태워 불덩이가 남으면 양철통에 옮겨 담았다. 뚜껑을 덮고 식혀서 숯을 만들면 연기가 나지 않아서 아주 요긴하게 쓸 수 있었다.

부엌 아궁이가 아이들의 불장난 장소로만 쓰였겠는가. 타다 남은 장작을 꺼내도 이글거리는 불덩이는 그대로 남았다. 불덩이는 농익은 홍시, 그것도 갈라놓은 속살 빛으로 일렁거렸다. 그 앞에 앉으면 얼굴이 달아오르고 작은 가슴도 덩달아 불덩이가 되어 타올랐다. 불 속에 굵은 철사를 달구어 막대기에 꽂으면 썰매의 쇠꼬챙이가 되었다. 이렇게 만든 썰매와 꼬챙이로 얼음판에서 놀다 보면 짧은 겨울 하루가 아쉬울 따름이었다.

빈 아궁이는 얼마나 오랫동안 불길을 받아보지 않았는지 벽은 흰 곰팡이가 슬어 있고 눅눅한 습기로 한기까지 돌았다. 이 아궁이에 끼니때마다 불을 붙이고 그 열기로 음식이 익어갈 때면 집 안의 화기도 감돌았다. 가난한 살림이었지만 하루 세 끼 굴뚝에서는 연기가 나야 한다며 어머니는 점심에도 아궁이에 불을 지폈다. 김이 피어오르는 솥이지만 뚜껑을 열면 맹물뿐이어서 우리를 실망시키곤 했다. 빈 솥에 불을 지피는 어머니 옆에서 아궁이의 불꽃을 보고 있으면 허기진 마음으로 꿈인 듯 아지랑이가 아른거리곤 했다.

이런저런 생각을 하다가 유년의 추억이 서린 아궁이를 살려보기로 했다. 신문지를 구겨서 불을 붙였다. 오랫동안 불을 때지 않은 아궁이인지라 처음에는 불길이 밖으로만 나오고 잘 타지 않았다. 몇 장의 신문지를 태우는 동안 차츰 불길은 고래로 빨려들고 내 어린 날의 허기진 추억들도 불씨처럼 피어올랐다. 아직 아궁이가 남아 있다는 것으로 시골의 정취가 살아 있는 것 같이 느껴졌다. 그나마 다행한 일이 아니겠는가.

쪼그리고 앉아 있다 일어서는데 가벼운 현기증과 함께 무릎에서 우두둑 하는 소리가 났다.

"아이구!"

나도 모르게 신음소리가 입 밖으로 새어나왔다. 나도 어머니처

럼 관절이 나빠진 것일까. 이 집에서 내 어린 세월을 삼킨 아궁이
는 아직도 무엇인가 더 달라는 듯 시커먼 입을 더욱 크게 벌리고
있다.

섬진강에 비는 내리고

하동, 생각만 해도 머릿속에서는 아지랑이가 피어오른다. 여기에 지리산과 섬진강을 보태면 꿈결 같은 아늑함이 배어 있어 나른한 졸음까지 밀려온다. 하동은 우리의 고향이며 모국어로 빚어낸 가장 우리다운 겨레문학의 산실이다. 그래서 하동을 문학수도라 하지 않던가.

화계장터 숙소에서 설레는 마음에 잠을 설치고 새벽을 맞이했다. 쌍계사 계곡을 향해 벚나무 터널을 걷는다. 지나는 사람도 없고 자동차 한 대 보이지 않는 새벽길이다. 멀리 산 아래쪽에서부터 피어오르는 안개가 차츰 세상과 선계를 갈라놓는다. 세상살이에 찌든 온갖 나쁜 마음과 슬픔과 괴로움을 안개처럼 씻어버리고 착한 마음과 고운 몸으로 다시 태어날 수는 없을까. 솜사탕처럼 부풀어 오른 안개가 들꽃들을 지우고 바위를 삼키고 바로 눈앞에 서 있는 나무줄기까지 차례로 뭉개버린다. 모든 것들이 눈앞에서 사라졌다가 다시 희뿌옇게 나타나곤 한다. 내가 꿈속을 헤매는 것은 아닌지.

하늘에 먹구름이 덮이고 사방이 어두워지자 매미소리가 뚝 그쳤다. 이어 떨어지는 빗방울이 나뭇잎을 때린다. 갑자기 쏟아지는 소낙비라 어디 피할 곳이 없을까 찾지만 도리가 없다. 비는 더위를 빨아들여 시원하게 해주지만 금새 오한이 들게 한다. 이런 폭우 속에서는 큰 갈참나무도 우산이 돼 주지 못한다. 그렇게 맑았던 개울물은 어느새 황톳물이 되어 성난 황소처럼 으르렁거린다. 산이 토해내는 구토물처럼 관광객이 버린 쓰레기들이 떠내려 온다. 빗소리는 통나무를 굴리면서 황톳물 속에 수많은 소리들을 함께 풀어놓는다. 이러다가 우리가 지나온 길이 죄다 물속에 잠긴다면 이 산중에서 조난되는 것은 아닌지. 빗물이 오솔길을 적시더니 작은 개울로 변해 물줄기를 흘려보낸다. 시커먼 구름이 번쩍일 때마다 강렬한 빛을 토해내다가 이번에는 간담을 서늘하게 하는 천둥소리가 들려온다. 세상의 시끄러운 소리란 소리는 모두 끌어다가 이처럼 우렁찬 호령소리를 빚어낸 것일까. 내 작은 귀로는 도저히 감당해낼 수 없을 것 같다. 소리가 거대한 바윗덩어리가 되어 온몸을 때린다.

이윽고 비가 개이면 폭포 아래 시커먼 물웅덩이가 떨어지는 물줄기를 삼키며 누워 있다. 바라보고 있으면 등줄기까지 시원하다. 서로 손을 맞잡은 벚나무, 졸참나무, 서어나무 잎을 통해 본

하늘에는 솔개 한 마리가 천천히 맴돈다. 참으로 한적한 여름날의 숲이다. 깊은 계곡의 바윗길을 오르고 몇 차례의 산굽이를 감돌아 간 곳에 단정하게 숨어 있는 칠불사. 풍경소리만이 송림 사이를 지나 솔바람에 섞여 정적을 깨고 이따금씩 산새들의 지저귐이 정겹게 들린다. 함박꽃나무는 여름내 몰래 품고 있던 향기를 이제야 한꺼번에 풀어놓는다. 스치는 손길에도 향기로 대답하는 정겨운 꽃. 그 위로 하늘이 내려와 앉는다. 솔바람으로 내 무딘 피부를 일깨운 지리산이 이번에는 들꽃 향기를 통해 마음속의 묵은 때를 씻어 내린다. 오락가락하던 궂은 날씨에도 잠시 비가 개면 이번에는 매미소리가 소나기가 되어 쏟아진다. 벌써 여름을 노래하는 풀벌레들이 제각기 고운 음색을 풀어놓는다. 벌레들은 고요한 숲에서 서로 다른 음색을 자랑하지만 그 소리는 어느새 물소리에 섞여 사라지고, 대신 시원한 바람이 땀을 씻어준다.

맞은편 산봉우리를 감싸고 흐르는 새하얀 안개가 기막힌 절경을 연출한다. 비가 내릴 때는 죽은 듯 울지 않던 매미소리가 비가 그치면 되살아나 귓속까지 옹골차게 파고든다. 발아래 풀벌레도 합창이라도 하듯 일제히 울어댄다. 풀잎에서 달팽이 한 마리가 느림의 미학을 증명이라도 하듯 천천히 아주 천천히 미끄러져 간다. 길섶에서는 나도 한 마리의 벌레가 된다.

높은 곳에서 내려다보면 고만고만한 산봉우리들이 머리를 맞대고 정담을 속삭이는 것 같다. 멀리 골짜기의 수림이 녹색 바다를 이루었다. 수해가 바로 이런 것일까. 모든 것들이 참으로 평화롭게 보인다. 그동안 삶에 지친 내 마음도 잠시나마 이곳에 내려놓는다. 문득 귀가 멍해지면서 무성영화 속에 들어 있는 느낌이다. 여름산은 원시의 야성이 살아있다. 새소리에 한가로운 마음을 실어 쫓아가다 보면 세월이 저만큼 비켜있는 느낌이다. 바람소리에 물소리까지 더해 나도 자연의 일원이 되어 또 다른 소리를 보탠다. 사람과 돌과 바람과 물소리가 완벽한 하모니를 이루어 자연을 만들어가고 있는 중이다.

골짜기에 수많은 계단식 밭이 가로금을 긋고 그 밭뙈기마다 차나무가 자란다. 보이는 것이 모두 차밭이다. 여기가 바로 차의 시배지가 아닌가. 신라 때 대렴大廉이 당에서 돌아올 때 차씨를 들여와 지리산 기슭에 심었다고 했다. 바로 하동 땅이다. 처음 차를 생산하고 차를 마셨을 그들을 생각해 본다. 차나무는 공중 습도가 높은 지역에서 잘 자란다. 여름은 서늘하고 겨울에는 따뜻한 기후를 좋아하는 식물이라고 들었다. 이러한 조건에 잘 맞는 지형이 바로 지리산 아래 하동 땅이다. 그래서 차인들은 하동차를 차의 명품이라고 말한다.

숙소를 나설 때부터 부슬부슬 내리던 빗방울이 제법 굵어졌다. 길가에는 희고 검푸른 도라지꽃이 물기를 머금고 청초하게 피었다. 벌써 여름도 절정에 이른 것일까 옥수수 대가 키를 넘게 솟아올랐다.

보슬비를 맞으며 강에서 재첩을 잡는 여인들이 저마다 허리에 커다란 바구니를 달고 고달픈 삶을 걸러낸다. 허리까지 차오르는 물속에서도 연신 그물 뜰채로 모래 속의 자잘한 조개를 긁어모은다. 그들을 아스라이 스치며 버스는 섬진강변을 달린다. 문득 낯선 이국땅에 온 느낌이다. 봄날 그토록 화사한 꽃을 피웠던 벚나무 가로수는 이제 짙푸른 잎사귀로 여름의 열기를 토해내고 있다. 멀리 산자락을 온통 하얀 꽃구름으로 장식했던 봄날의 매원은 이제 가려낼 수도 없다. 산은 짙푸르고 강물은 흐리며 하늘마저 짙은 잿빛으로 바뀌었다.

비는 아직도 그칠 줄 모르고 쏟아진다. 칠불사를 찾았을 때도 빗속을 걸었는데 평사리 최진사 고택으로 오르는 길에도 소나기는 그칠 줄을 몰랐다. 빗물은 어깨를 적시고 바지를 적시며 신발로 흘러든다. 질척이는 신발이 싫고 빗속을 걷는 것도 이제는 싫증이 난 지 오래다. 맑은 하늘이 그립기만 하다.

한편 생각하면 우리 삶에도 궂은날이 있을 것이다. 맑은 봄날만 계속된다면 누가 고마운 줄을 알까. 격정의 여름을 보내고 폭풍우 뒤에 풍성한 수확의 계절이 오지 않던가. 문학의 열매가 영글어가는 수확의 계절을 그리며 하동 땅을 벗어나 북으로 달린다. 하동 문학기행은 옆자리에 아름다운 여류 시인과 짝이 되어 좋았다. 그녀가 나만을 위해 속삭이듯 들려준 〈들장미〉노래는 두고두고 기억될 것이다. 인생의 갈피에 빗속의 여름날을 한 장의 추억으로 곱게 접어 두련다.

선線에 관한 단상

우리는 수많은 선 속을 헤집고 다닌다. 도로에서는 노란 선과 흰 선의 지시에 따라 이동해야 하고, 차를 세울 때도 선이 가르쳐 주는 무언의 지시에 따라 사각의 틀 속으로 들어간다.

기하학에서는 위치를 나타내는 것이 점이고 그 점이 움직인 자취를 선이라고 한다. 움직이는 것은 흔적을 남긴다. 달팽이는 이파리 위에 흔적을 남기고, 모래 위를 지나간 애벌레는 구불구불한 선을 새긴다. 물 위에 떨어진 낙엽도 미세한 물결의 동그라미를 그려 낸다. 어디 그뿐이랴. 능선을 넘어온 바람이 잠자는 초원을 흔들어 깨우면 풀잎들은 부드러운 선이 되어 일제히 춤을 춘다.

하늘의 공간에서도 선을 찾을 수 있다. 등대의 불빛은 바다와 하늘을 구분할 수 없는 어둠 속을 날카로운 칼날처럼 직선으로 뻗어 나간다. 구름 한 점 없는 빈 하늘에 아주 먼 곳의 소리가 그리는 하얀 직선. 더 넓은 초원 저편으로 사라지는 전신주와 그것을 줄줄이 꿴 몇 가닥의 가느다란 전깃줄. 장마철 잿빛 하늘에서 땅을 향해 꽂히는 무수한 빗줄기의 선. 그리고 두메산골 컴컴한 토담집 봉창으로 새어드는 한 줄기의 가느다란 빛은 두 손으로 감싸 쥐고 싶은 보드라운 선이다.

석파石坡의 묵란도墨蘭圖는 동양미의 결정체이며 혼돈 속에서 가려 뽑은 담백한 아름다움이다. 흰 바탕 위에 군더더기 하나 없이 절제된 묵선만으로 그려진 예술 세계. 선의 격조를 더하기 위해서는 여백의 미를 살려야 한다. 선만으로 모든 물체를 함축성 있게 표현할 수 있으므로 양감도 필요 없고 원근이나 음영, 질감 같은 표현의 구성 요소도 그리 중요한 것이 못된다. 난초 그림은 다섯 가닥의 묵선墨線 만으로도 시간과 공간, 통일된 완성미를 표출해 낼 수 있다.

서양의 선이 기계적인 직선이라면 동양의 선은 부드러운 자연의 선이다. 그저 인위적인 곡선이 아니라 자연과 인공이 절묘한 조화를 이룬 선이다. 목수 신영훈은 "한국의 선은 우리 궁중 건축물의 추녀에서 찾을 수 있다."고 말한다. 우선 두 사람이 양쪽 기둥 끝에서 밧줄을 느슨하게 늘어뜨린다. 그 밧줄의 자체 무게로 늘어진 완만한 곡선이야말로 한국의 옛 건축물 추녀 선이라는 것이다.

중국 건축물의 지나친 곡선은 너무 인위적이요 가공의 흔적이 보인다. 일본 건축물은 단아한 맛은 있지만 직선이어서 너무 단조롭다. 우리 건축물의 날아갈 듯한 곡선은 조용한 가운데서 비상飛翔의 순간을 포착한 아름다운 선이다. 멋이 있다. 곡선을 설계 도면에 그려낸 옛 건축가의 솜씨도 놀랍지만 쇠못 하나 쓰지 않고 톱과 끌만으로 곡선의 미를 완성해 낸 대목장의 솜씨 또한 대단하다.

선은 물질적인 것에서만 생기는 것이 아니다. 하늘에 뜬 무지개를 보고 홍예교虹霓橋를 만든 옛 선인들의 지혜는 과학과 심미가 결합된 결과이다. 선암사 승선교는 지상에서 하늘로 오르는 무지개다리이지만 또 하나의 다리가 아래쪽 물 속에도 잠겨 있다. 두 개의 다리가 서로 손을 맞잡았다. 이렇게 해서 하나의 동그라미를 이루었고 비로소 완성된 우주와 극락정토를 지상에 건설한 셈이다. 처음과 끝이 따로 없는 세계, 그 원의 가장자리도 선이 에워싼다. 선암사를 찾는 사람들은 그 선을 찾아낸 심미안에 놀랄 뿐이다.

동그라미처럼 화합의 선이 있는가 하면 단절의 선도 있다. 바닥에 그어 놓은 선 하나로 이쪽과 저쪽은 서로 다른 세상이 된다. 이념 때문에 선을 긋고 등을 돌린 지 오십 년. 휴전선이라는 금하나 때문에 지금도 수십만의 이산가족이 서로 생사를 몰라 애태우고 있다. 동서가 냉전 시대의 종말을 고하고 세계가 화해 무드 속에 서로 손을 잡는데 이곳은 아직도 남북이 서로 으르렁거리고 있다. 북에서는 철책을 드높이고 남에서는 불안 때문에 지뢰를 제거하지 못한다. 통일을 위해, 가슴 한구석에 빈자리를 갖고 사는 사람들을 위해서라도 휴전선은 지워져야 한다.

사람과 사람을 이어주는 인연의 끈에는 악연도 있고, 그저 바라보기만 해도 즐거운 행복의 선도 있을 것이다. 20여 년을 넘게 서로 다른 환경에서 자란 남녀가 결혼이라는 선으로 맺어져 하나가 된다. 개인을 연결해 주는 규범과 법이라는 선이 있기 때문에 사회와 국가라는 거대한 집단의 형성도 가능하다. 가족과 직장, 단체와 종교 따위 나를 중심으로 한 여러 사람과 선으로 연결돼 있다. 이리저리 얽힌 복잡한 인연의 끈에서 헤어 나오지 못하고 허우적거리다가 끝내 세상을 하직하고 마는 것이 우리의 삶이리라.

나는 요즘 거울을 볼 때마다 내 얼굴이 낯설게 느껴질 때가 있다. 새로 생긴 주름 때문일까. 이마의 굵은 선 하나가 늘어났다고 해서 무엇이 달라졌을까마는 철이 든다는 것이 어쩐지 두려울 때가 있다. 지난 세월 동안 세상을 위해 무엇을 했는지 자문해 본다. 그러나 자신 있게 말할 수 있는 것이 하나도 없다. 사람마다 어떤 이는 굵고 뚜렷한 흔적으로, 또 다른 사람은 가느다란 자신의 선을 남기게 마련이다.

해를 거듭할수록 더욱 뚜렷해지는 절집 기둥의 나뭇결 같은, 그러한 고운 선을 남기고 싶다.

모과를 화폭에 담으며

　해마다 가을이 짙어갈 무렵이면 인사동 거리에는 노란 모과가 선을 보인다. 석류며 으름, 무화과 같은 조금 별난 과일들이 리어카 위에 가득하다. 계절마다 제철에 나는 과일들을 파는데 여느 가게에서나 쉽게 취급하지 않는 것들이다. 여름에는 색깔 예쁜 체리나, 자두, 핏빛 과즙을 담뿍 지닌 복숭아, 그리고 선인장 열매까지 싣고 손님의 눈길을 잡는다. 그는 가을을 맨 처음 도시인에게 알리는 사람이다.

　나도 다른 사람과 마찬가지로 단심을 열어젖힌 석류나 노란 향기가 옹골찬 모과를 산다. 정물화를 그리기 위해서이다. 다른 과일도 많은데 하필이면 모과라고 할지 모르지만 나름대로 이유가 있다. 우선 모과는 색깔이 노랑으로 단조롭다. 사과처럼 품종이 다양하지도 않고 빛깔도 화려하지 않다. 그저 타원형의 생김

새 또한 밋밋하다. 수더분한 색이다. 그래서 오히려 평범한 모과 빛깔이 좋다. 첫눈에 반하는 아름다움보다 두고두고 볼 때마다 정이 가는 사람도 있다. 모과 속에는 쉽게 눈에 띄지 않는 수많은 황색이 숨어 있다. 언뜻 보면 노랑으로 보이지만 다 같은 노랑이 아니다. 덜 익은 부위는 연두색이요, 잘 익은 부위는 오랜지색을 띠기도 한다. 그늘진 부위와 하이라이트 부분의 색이 다르다. 또 상처난 부위는 짙은 갈색으로 멍이 든다. 껍질은 배의 누런색보다는 밝고 감귤에 비해 매끄럽다. 표면에 닿는 순간 손가락에 향기가 묻어난다. 노란색은 중앙의 색이요, 변하지 않는 가장 성스러운 황금색이라 하지 않던가. 사대사상에 길들여진 조선의 선비 같은 마음이 아니어도 노란 모과를 보면 먼저 눈길이 간다.

나무에 달리는 참외라 하여 목과木瓜라 했듯이 진짜 참외를 닮았다. 모과는 홍옥처럼 화려한 색채를 갖지도 못했고, 굵은 배처럼 달고 시원한 과즙이 흐르지도 않는다. 포도처럼 달고 부드러운 맛도 아니요, 살구나 복숭아처럼 일찍 익는 과일도 아니다. 그저 어른 주먹을 두 개나 더한 것 같은 커다란 열매가 달리지만 먹기에는 거북한, 눈으로만 볼 수 있는 과일이다. 한마디로 실속이 없어서 과일전 망신은 모과가 시킨다고 했는지 모른다.

그래도 모과가 한때는 값진 과일로 대접을 받은 때도 있었다. 모과를 잘게 썰어 설탕이나 꿀에 절였다가 겨울철 건강음료로 마시면서 많은 사람들이 찾게 되고 값도 꽤 괜찮았었다. 그러나 값이 좋으면 더 많은 사람들이 심게 되고 과잉생산이 되면 헐값으로 떨어지게 마련이다. 그래서 지금은 모과라는 과일을 식용으로 쓰기보다 관상수로 심고 있다. 그리고 서너 개를 작은 소쿠리 같은 그릇에 담아 자동차 뒷좌석에 두어 방향제로나 쓸 뿐이다.

어릴 때 시골집 뒤뜰에 큰 모과나무 한 그루가 있었다. 어찌나 오래된 나무인지 나이를 아는 사람이 아무도 없었다. 마을 어른이 어릴 때에도 그저 이만큼 큰 나무였다는 것이다. 어린 내게도 줄기는 아름이 넘어 벅찬 크기였고 매끄러웠으며 오르기 힘든 나무였다. 그래도 기를 쓰면 올라갈 수 있었는데 여름이면 나무에서 놀기도 했다. 늦은 가을 잎을 죄다 떨어뜨리고 나면 가지 꼭대기에 잘 익은 모과 열매만 남아 푸른 하늘을 배경으로 한층 샛노랗게 보였다. 바람이 몹시 거친 날은 마당 여기저기 모과 열매가 나뒹굴었다. 떨어진 것을 한데 모아 놓으면 갈라진 부위가 짙은 갈색으로 변했다. 또 상처 난 것도 하루 새 검붉은색으로 변했다.

어머니는 모과차를 좋아하셨다. 몸이 나른하거나 감기 기운이라도 있으면 썰어 말린 모과와 생강을 조금 넣고 끓인 차를 마시곤 하셨다. 우리 형제도 어머니의 처방대로 감기를 치료하였다. 그래서 우리 집에서는 해마다 가을이면 모과를 잘게 썰어 말려두곤 했다.

요즈음에는 개량종 모과를 많이 재배하기 때문에 껍질이 매끈하고 모양도 예쁘다. 그러나 개량종은 저장성이 좋지 않아서 금방 썩어버리고 만다. 그에 비해 재래종 모과는 오래 두어도 잘 썩지 않는다. 가을에 모과를 거두면 저장 무와 함께 무구덩이에 묻어둔다. 이듬해 봄 설을 전후하여 꺼내면 노란 모과의 속살이 오렌지빛으로 변해 있고 과육이 물러서 생으로 먹을 수 있다. 신맛도 덜하고 향기로우며 단맛까지 있다. 말하자면 후숙된 과육이라 더욱 향기로운 맛을 내는 셈이다. 저장한 모과로 차를 끓여야 깊은 맛이 우러나온다.

오랜 병석에 누워있으면서도 어머니는 늘 미소를 잃지 않으셨다. 가족들에게 짐이 되지 않으려고 되도록이면 아픈 기색을 보이지 않으려고 하셨다. 어머니는 벽에 걸린 모과 그림을 바라보시며 깊은 생각에 잠기시곤 하셨다. 손님이라도 찾아오셨을 때는 아들의 그림이라고 자랑하셨다. 다른 그림으로 바꾸겠다고 했을 때도 굳이 마다하시며 정 바꾸려면 반드시 모과 그림을 걸어 놓으라고 하셨다. 노란색이 새싹처럼 싱그럽다며….

병원에서는 더 이상 치료가 어렵다며 집에 모시고 가 맛있는 것 많이 해 드리면서 지내다가 위급하면 다시 오라고 했다. 당신도 퇴원을 희망했기 때문에 집으로 모셨다. 가족이 온통 병구완에 매달렸지만 어머니는 별 차도가 없으셨다.

새벽까지 하얀 눈이 내린 날 아침, 어머니께서 따끈한 모과차 한 잔을 마시고 싶다고 해서 차를 끓여 갖고 들어갔더니 말이 없으셨다. 초점 잃은 눈으로도 그저 벽에 걸린 모과 그림만 보는 것 같았다. 우리와 이별하신 어머니는 영영 가족들의 품으로 돌아오지 않으셨다.

올해도 햇모과가 익었다. 이맘때면 과일 시장을 기웃거리거나 많은 과일 틈에서 모과를 찾게 된다. 그리고 그동안 잘 쓰지 않던 화구를 꺼내고 몇 개의 모과를 화폭에 담는다. 수많은 사연들을 불러 모아 퍼즐 맞추기를 하듯 한 점 한 점 붓으로 찍어 나간다. 어머니의 모과를 화폭에 빚어내며 애틋함을 삼킨다.

벨라돈나가 준 사랑의 묘약

　내 서재 한 구석에는 손님이 찾아와도 쉽게 알아차릴 수 없는 그늘진 자리가 있다. 그 한구석에 독극물 관련 서적들이 가지런히 꽂혀 있다. 또 여러 가지 보석에 관한 귀중한 원서들이 50여 권 키재기를 하고 있다. 나는 이 자리에서 혼자 여러 가지 공상을 해본다. 넓은 토지를 구입해서 독초식물원도 만들고, 지하에는 독버섯 재배장을 설치하고 싶다. 그리고 이들 독초와 독버섯에서 여러 가지 독극물을 추출해서 갖가지 묘약을 만들어 보고 싶다. 그렇지만 '어디 한번 해 보라.'고 말해 주는 사람은 거의 없을 것 같다.

　독초원 주변에는 원형의 진열장을 마련하여 신비로운 보석과 광물관, 인도에 비전돼 내려오는 탄드라의 보물관, 요술공주가 사용했던 수정과 마술 도구들, 그리고 독버섯 전시실 등을 갖춘

다면 그야말로 환상의 세계가 아닐까?

독초를 만나면 오금을 저리게 하는 두려움을 느낀다. 도가니 속의 끓는 납물과 같다고나 할까. 겉으로는 그저 덤덤한 액체지만 손가락을 담그면 그대로 타버리고 마는 납물. 독초는 아무에게도 말할 수 없는 죽음의 음모를 감추고 있다. 생과 사의 갈림길에서 더욱 칙칙한 곳으로 우리를 손짓하는 것 같다.

경외심과 비밀을 품고 죽음을 부르는 독초이지만 약으로 쓰일 때는 환자를 살리기도 한다. 동서양이 두루 투구꽃의 뿌리로 사형수를 하늘나라로 보냈다. 부자附子라는 사약이 바로 투구꽃의 뿌리를 끓인 물이라는 것은 잘 알려진 사실이다.

고대 인도에서는 수행자들이 천상세계를 체험하기 위해 독말풀의 씨를 삼켰다고 한다. 지금도 인도의 요기들이나 힌두 수행자들이 토굴에서 깨달음을 얻겠다고 독말풀을 먹는다. 그들은 환각 속에서 본 천상계를 만다라로 그려낸다. 의식과 무의식의 세계를 넘나들면서 그들이 본 것들을 기록하여 독특한 예술작품으로 빚어내고 있다. 바로 독초의 힘이다. 오늘날 미국의 히피들이 마리화나, 대마초를 피우고 고단한 현실을 떠나려고 하는 것과 무엇이 다르겠는가.

셰익스피어의 사대비극 중 하나인 〈로미오와 줄리엣〉에는 뽑을 때 괴성을 지르는 마법의 풀 이야기가 나온다. 마녀의 독초로 명성을 떨친 맨드레이크가 바로 이 풀이다. 그 외에 중세 유럽의 마술에 이용되었던 환각성 식물로는 벨라돈나, 피요스 등이 있다. 독초식물원의 주역은 당연히 가지과 식물과 천남성과, 미나리아재비과 식물들일 것이다. 특히 가지과 식물은 수수께끼 같은 것이어서 일상적으로 식탁에 오르는 감자와 토마토 등도 훌륭한 독초이다. 토마토에는 잎사귀와 풋과실에 독이 있고, 감자는 잘 알려진 것처럼 싹에 솔라닌이라는 아트로핀과 비슷한 독을 품고 있다.

가지과 식물로 가장 아름다운 것은 독말풀과 흰독말풀이다. 그것과 사촌간인 풀들에 벨라돈나, 맨드레이크, 피요스 등이 있다. 이들은 각각 아트로핀, 스코플라민, 피요스티아민 등의 유독 알칼로이드를 가진 풀들로서, 고대 그리스 로마시대에서부터 중세에 이르기까지 유럽의 주술사들이 이 식물에서 마력을 얻었다. 그들이 사용했던 '마법의 연고' 제조에도 빼놓을 수 없는 재료가 되기도 했다.

유럽의 동화나 문학작품에 자주 등장하는 벨라돈나, 맨드레이크, 피요스는 모두 맹독성 식물이다. 그것들은 예쁜 여자들보다도 더 관능적이다. 그 유독성분이 신경 네트워크에 끼치는 영향은 독말풀과 마찬가지다. 섭취량이 적으면 의료용이나 성적 흥분제로 쓰이는 미약이 되지만 일정 수준이 넘으면 환각작용을 일으키고, 지나치면 육체의 기능이 아주 정지해 버린다.

벨라돈나의 원래 이름은 '아트로파 벨라돈나'이다. 아트로파는 그리스의 운명의 세 여신 중 하나인 아트로포스에서 유래한다. '자르는 사람'이란 의미가 있는데, 최초의 여신 크토르가 잣고 2번째 여신 라키슈가 엮은 운명의 실을 아트로포스가 잘랐다. 이들 세 여신은 미와 운명의 여신 아프로디테의 측근이다. 하지만 고대국가 파르티아에서는 아트로포스는 성스러운 도시 아트로파네스의 주신이며 파괴의 여신으로 추앙되었다. 해독제로 쓰이는 아트로핀의 명칭도 이 여신에서 유래한다. 벨라돈나는 이탈리아 말로 '아름다운 부인'을 뜻한다. 벨라돈나에서 짠 즙은 동공을 열고, 눈동자에 섹시한 느낌을 주기 때문에 귀부인의 안약으로 사용되기 때문이다.

동공의 수축은 부교감신경에 의해 작용하고 확대는 교감신경에 따라 영향을 받는다. 동공의 주위에는 홍채라고 부르는 탄력성 있는 막이 있어서 홍채에 포함된 멜라닌 색소의 양에 의해 눈동자의 색이 결정된다. 아트로핀의 부교감신경 억제작용에 의해 동공이 열리면 홍채는 좁은 바퀴가 되어 눈동자에 신비로움을 지닌 습기를 주기 때문이다.

이것은 성적으로 흥분한 여성이 남자를 보는 그 눈동자이다. 눈동자는 성적으로 흥분하거나 흥미로운 것을 볼 때는 자연스럽게 확대된다. 르네상스의 이탈리아 귀부인들은 언제나 섹시한 눈동자를 유지하려고 노력했다. 그리고 남자들에게 자신이 발정기임을 알리는데 부지런히 벨라돈나를 애용했으며 눈동자를 순정만화의 소녀처럼 크고 반짝반짝 빛나도록 했다.

벨라돈나는 2미터 정도 자라며 잎은 앞쪽이 뾰족한 타원형이다. 자주색을 띤 종 모양의 꽃은 끝이 5개로 갈라졌다. 사실은 농염한 자태의 자홍색, 영어로는 어두운 그림자라는 뜻으로 'night shade'라고 불린다. 또 맨드레이크는 주로 지중해 연안과 소아시아 지방에 자생한다. 뿌리로부터 직접 근생엽이 돋아나고, 주위로 넓게 뻗어나간다. 보라색 꽃을 피운 후에 향기 짙은 노란색 열매를 맺는다. 식물의 속명을 맨드라골라라고 하고 그리스 신화의 마녀 키르케와 연관 지어서 '키르케의 풀'이라는 뜻으로 키르카에아라고도 한다.

자유 방종한 생각. 쉽게 행동에 돌입하고 여기에 자신이 존재한다는 것을 격렬하게 느낄 수 있는 '실존의 미각'에 비하면, 지나칠 정도로 값싼 정의를 휘두르며 숨이 끊어질 듯 헐떡이며 살아가는 도회인의 생활은 곰팡이가 슨 미라와 마찬가지이다.

독초식물원을 세워 갖가지 신비로운 독초와 약초를 심고 싶다. 그리고 독초의 숲에서 여러 벗들을 초대하여 사바트 축제를 여는 것도 재미있을 것 같다. 과연 초대받은 손님들이 찾아줄지 모르겠지만……

사라진 비질 소리

날마다 밖에서 비질 소리가 들렸다. 새벽 어둠을 쓸어내는 그 소리가 어느 때부터인가 기다려지기까지 했다. 길고 느린 소리가 들리다가 가끔씩 짧고 메마른 소리가 들릴 때도 있었다. 구석진 곳을 쓸어내는 소리였으리라. 누구일까 이른 새벽에. 요즈음 같이 메마른 세상에 날마다 남의 마음까지 맑게 해 주는 분이. 조금 궁금하기도 했지만 일부러 창을 열고 내다볼 수도 없었다. 아직 자리에서 일어나지 못한 것이 부끄럽고 미안해서. 비질 소리가 끝나자 창 밖의 외등이 꺼졌다.

그러던 어느 날 우연한 기회에 비질 소리의 주인공과 마주치게 되었다. 고물 장수 할아버지였다. 그날따라 할아버지는 어깨에 흰 눈이 소복이 쌓이는 것도 모르는지 비질을 계속하고 계셨다. 할아버지가 쓸어 준 길을 걷자니 미안한 마음이 앞섰다.

"수고하십니다. 눈 그치면 하시지요." 하고 인사를 건넸더니

"출근하시기 전에 쓸어야 할 것 같아서. 어디 가시나요."

빗자루를 의지하고 허리를 펴시었다. 할아버지의 키가 어린아이처럼 작아 보였다. 골목을 밝히는 외등 불빛 사이로 계속해서 눈발이 흩날리고 있었다. 아침을 시작하는 사람들에게 밝은 마음을 전하려고 골목을 쓰는 할아버지. 젊은이도 미끄러지는 눈 오는 날이었다. 차시간을 맞추기 위해 종종걸음을 치면서도 할아버지 생각이 떠나질 않았다.

며칠 전인가. 라면 상자를 묶어서 지고 오시는 할아버지를 만났다. 등짐의 무게와 부피 때문에 노인이 더욱 초라하게 보였다.

"이 짓도 못할 일이요. 청소부들이 쓰레기를 못 줍게 하거든. 남의 집 앞에 버려진 것이지만 줍다가 들키면 몽땅 뺏기고 말아요. 이것도 재산이라고."

할아버지가 골목으로 이사를 온 것은 지난가을이었다. 언덕 위에 살고 있었는데 재개발로 살던 집이 헐리게 되면서 이웃사촌이 되었다. 할아버지가 이사를 오게 되었다고 알려지면서 골목 안 부인들이 대책을 세워야 한다느니, 약속을 받아 놓아야 한다고 수군거렸다. 윗동네에 살았던 한 사람은 할아버지 때문에 집값이 떨어졌다고도 했다. 우리 동네로 이사를 오지 못하게 막아야 한다고 목소리를 높이는 사람까지 있었다. 할아버지가 이사 온 후 마지막으로 공사를 하던 옆집에서는 재산 가치가 떨어진다며 대문을 큰 길 쪽으로 새로 냈다. 할아버지네와 나란히 나 있던 대문

이 이제는 서로 등을 돌리게 된 것이다.

할아버지는 일흔 하고도 반을 훌쩍 넘긴 노인이다. 가족이라고는 백 살을 내다보는 고모 한 분뿐이다. 노인이 노인을 부양해야 하는 고달픈 삶이다. 새벽부터 저녁까지 손수레를 끌고 언덕을 오르내리면서 쓰레기 더미에서 재활용품을 가려냈다. 신문 뭉치나 라면 상자 같은 것을 모으고, 맥주 캔, 양은 식기나 철사 같은 것을 모아 고물상에 내다 팔았다.

그러다 보니 집 안팎이 쓰레기 하치장이나 다를 바 없게 되었다. 주민들이 할아버지네가 이사 오는 것을 반대한 것도 그 때문이었다. 할아버지는 할아버지대로 사정이 있었을 것이다. 어쨌던 살아야 했으니까.

대문 밖 담 밑에도 신문지며 헌 책들이 쌓이게 되었다. 지붕은 지붕대로 양철통이며 고장난 자전거 같은 것이 얹혀 있었다. 주민들로서는 그것이 못마땅했다. 독립 주택이 하나 둘 연립 주택으로 바뀌어 키가 훤칠하게 커졌지만 할아버지네 집은 아직도 그 사이에서 난쟁이처럼 엎드려 있었다. 골목 양쪽에 붉은 벽돌과 흰 화강암으로 치장된 건물이 늘어섰다. 그 가운데 낀 할아버지네 집은 그의 어깨처럼 더욱 초라할 수밖에 없었다.

인심이란 어제 다르고 오늘 다시 바뀌는가. 쓰레기 때문에 할아버지가 이사 오는 것까지 반대했던 주민들이 종량제가 실시되면서 이제는 팻트병이며 헌 신문지 같은 것들을 할아버지 대문 앞에 갖다 놓았다. 재활용 쓰레기는 차가 다니는 큰길까지 갖다 두어야 하는데 이것이 귀찮아서였다. 할아버지로부터 골목에 쓰레기를 내놓지 않겠다는 다짐까지 받아 낸 사람들이 이제는 자신이 직접 재활용품을 갖다 놓는다. 어찌 보면 할아버지를 도와주기 위해서인 것 같지만 그게 아니다. 신문지 사이에 섞인 비닐 끈이며 허접 쓰레기를 가려내느라 노인이 저녁 늦게까지 일을 하는 것만으로도 알 수 있다.

새벽마다 골목에서 들리던 빗자루 소리가 며칠째 들리지 않았다. 한낮이 되도록 외등을 끄는 사람도 없었다. 그렇게 또 며칠이 지났다.

어느 날 퇴근 후 집으로 오는 길이었다. 골목이 깨끗했다. 할아버지네 집 앞의 쓰레기도 깨끗이 치워져 있었고 대문의 흰 종이에는 이렇게 쓰여 있었다.

할아버지가 병원에 입원하셨으니
이곳에 쓰레기 버리지 마세요

할아버지가 쓰러지셔서 119구급대를 불러 병원으로 호송했다고 했다. 환경미화원들이 폐품을 모두 치워 주었고, 할머니는 구청 직원이 나와 사회복지 시설로 데려갔다고 했다. 외로운 할아버지 할머니는 아무도 돌보는 이 없이 서로 이별을 맞이하게 되었다.

할아버지가 입원한 후로 집 앞은 깨끗해졌지만 대신 골목을 치우는 사람은 나서지 않았다. 부지런한 집에서는 누군가 나와서 자기 집 문 앞만 대충 쓸기도 했다. 독립 주택일 때는 그래도 제집 앞 골목 정도는 스스로 쓸었다. 그러나 연립 주택이 들어선 이후로 서로 미루게 되면서 골목은 더 지저분하게 되었다.

할아버지가 병원으로 실려 가신지 사나흘이 지났다. 최소한 그 기간만큼은 할아버지 집도 깨끗했다. 그것도 며칠 뿐. 누가 먼저 버렸는지 다시 신문지 뭉치며 헌 옷가지 같은 것들을 갖다 놓기 시작했다. 쓰레기를 버리지 말라는 문구가 붙어 있는데도 계속 쌓이기만 했다. 대문 앞 계단에도 쌓아 놓았으므로 문을 여닫을 수도 없게 되었다. 차츰 쓰레기 하치장처럼 변해 가고 있었다.

오래도록 병원에서 돌아오지 못하고 있는 할아버지. 요즈음은 골목에서 새벽 비질소리도 들리지 않는다. 이제부터는 내가 나서서 아침마다 골목을 쓸어야 할 때가 된 것 같다.

발자국

발자국은 역사 속으로 사라진 사람들의 흔적이다. 선구자가 뒷사람을 위해 남긴 이정표이며 용감한 자만이 뚜렷하게 찍을 수 있는 표식이다.

사람은 일생 동안 업적에 따라 크고 작은 발자국을 남긴다. 석가는 생로병사에 허덕이는 중생을 위해 고행의 발자국을 남겨 안식으로 인도했고, 예수는 사막의 모래 위에 평화의 발자취를 남겼다. 인류 역사상 가장 위대한 발자국을 남긴 이들이기에 아직도 성인으로 추앙 받는지 모른다.

최초로 북극점을 밟은 피어러나 남극점에 발자국을 찍은 아문센은 죽음을 극복한 용감한 사람들이었다. 제국의 침략 앞에 비폭력으로 맞선 저 인도의 간디. 그리고 일제의 폭력 앞에서도 굴하지 않았던 유관순 소녀. 이들은 민족의 자존에 독립의 불길을 지핀 한 방울의 기름이었다.

아무도 가보지 못한 미지의 땅을 찾아 떠난 콜럼버스는 두려움을 모르는 의지의 사나이였던가. 서부로 떠난 초기의 포장마차 가족이야말로 진정한 개척 정신의 소유자들이었다.

누군가의 발자국이 있다는 것은 우선 반갑다. 발자국은 앞서 간 사람이 뒤에 오는 사람을 위해 들려주는 속삭임이며 체험담 같은 것이기에 더욱 값지다. 깊은 산속에서 홀로 길을 잃고 헤매다 어느 골짜기에서 약초꾼이 풀뿌리를 캤던 구덩이 흔적이라도 발견했다면 그렇게 반가울 수가 없다. 사람의 흔적이야말로 조난자에게 있어서 삶의 길을 열어 주는 등불 같은 것이기 때문이다.

발자국과 발자국이 반복되면 그곳에서는 길이 생긴다. 길이란 사람의 무수한 발자국 흔적이라고 할 수 있다. 가시덤불이 얼크러진 황무지이든, 자갈과 모래만이 끝없이 깔린 사막이든, 아니면 독사와 악어가 우글거리는 습지이든 맨 처음 그곳에 발자국을 남긴 사람은 위대하다. 다음에 가는 사람은 그 발자취를 따라 오고 가면서 길이 열리고 문명이 교차된다.

나루터에 겨울이 오면 길손은 난감하기 이를 데 없다. 뱃길이 얼고 그 위에 눈이라도 소롯이 쌓이면 더욱 그렇다. 강물이 얼기 전에는 나룻배를 타고 건넜을 것이지만 얼음이야 어찌하겠는가. 강변을 오르내리며 얼음을 밟아 보기도 하고, 돌을 던져 두께를 가늠해 볼 것이다. 돌아갈까 망설이고 있을 때쯤 하얀 눈 위의 발자국을 발견했다면 얼마나 반가운지 모른다. 어느 다급한 길손이 위험을 무릅쓰고 살짝 언 강을 건너갔을 것이고, 발자국만이 남아서 뒤에 올 사람에게 안전을 확인시켜 주고 있다. 그때부터는 걱정이 없다. 시간이 지나면서 얼음은 점점 두꺼워져 날씨가 풀리는 봄까지 튼튼한 길이 될 테니까.

지구촌의 여러 민족마다 결혼 풍습은 달라도 순결을 중요시하는 그 뜻은 대동소이하다. 인생의 첫 출발을 시작하는 신부가 순결의 상징인 흰 면사포를 쓰고 하얀 융단 위를 밟는 일은 첫 발자국을 중요하게 여기기 때문이다. 새벽안개 속으로 줄지어 떠난 발자국은 첫눈이어서 한결 인상적이다. 눈처럼 순결한 사랑은 그래서 더욱 축복할 만하다.

눈 내린 아침이면 세상은 맑고 깨끗한 적막감에 젖어 든다. 소복을 한 젊은 아낙이 산사로 가는 호젓한 오솔길에 남긴 고무신 발자국은 마음까지 시리게 한다. 사십구재의 마지막 날. 그리운 이의 영혼을 위로하기 위해 암자를 찾아가는 것일까. 그녀의 서러운 마음이 맺혀 눈 위에 다식판처럼 발자국으로 남았다. 그 뜨거운 사랑의 맹세도 세월이 흐르고 발자국이 녹으면서 천천히 사그라지겠지.

우리는 자신이 의식하든 의식하지 않던 발자국을 남긴다. 살아 있다는 것 자체가 '발자국 찍기'의 연속이다. 아침에 일어나 자리에 누울 때까지 계속되는 발자국 찍기. 누군가 내 발자국을 보고 어디로 갈 것인가 방향을 잡을 때, 그때만이라도 도움을 줄 수 있는, 그러한 나의 흔적을 남겼으면 좋겠다.

다시 팔월에 서서

찌는 더위가 기승을 부리는 팔월. 그래도 삼복더위만큼 등이 끈적거리지 않아서 견딜만 하다. 계절은 이제 성숙기에 접어들었다. 한낮의 햇살 아래로 걷노라면 심신이 모두 녹아버릴 것 같다. 축축 늘어져 발바닥에 달라붙는 아스팔트처럼 온몸이 허물어지듯 나른한 때이기도 하다. 오월의 그 여린 억새풀도 시퍼런 독기가 올라 스치기만 해도 살을 에인다.

팔월의 풀벌레는 소낙비처럼 성숙한 울음을 쏟아놓는다. 가을벌레가 별리의 울음을 가느다란 물레 소리로 풀어놓는 데 비해 성하의 매미 소리는 도회인의 지친 마음에 위안이 되지 못한다. 오히려 짧은 여름밤 단잠을 빼앗아가는 소음으로 들릴 뿐이다. 정든 땅을 버리고 도시로 간 매미들은 공해에 목이 시고 소음으로 오염된 탁한 목소리를 가로등 불빛 사이로 쏟아낸다. 그래서 아파트촌에서는 8월의 매미 소리를 듣지 않으려고 버드나무를 베어낸다. 시원한 매미 소리를 듣기 위해 버드나무를 심었다는 옛 시인들의 서정이 그리울 따름이다.

팔월의 바람은 초록 들판에서 제 힘을 마음껏 발휘한다. 숨쉬기 힘들 정도로 뜨거운 기운과 함께 훅훅 끼치는 열기가 콩밭을 지나 옥수수 대를 흔든다. 원두막 위에 잠든 농부의 옷깃을 열어젖힌 바람은 보릿짚 타는 냄새를 마을에 골고루 깔아놓는다.

팔월에 향기가 있다면 잘 익은 호박 냄새가 아닐까. 누렇게 농익은 조선호박을 반으로 쩍 갈라놓았을 때 풍기는 향기. 조금은 비릿한듯하면서 단맛이 얼굴을 확 끼치는 그런 냄새일 것 같다. 애호박에서는 느낄 수 없는 잘 익은 단맛의 향기가 있다면 그 향기야말로 팔월의 냄새이리라. 그런 팔월은 빛깔 또한 농익은 색이어야 한다. 용광로에서 이글거리는 불빛 색이라든가, 숯가마 속의 참나무가 타는 눈부신 덩어리, 도자기 가마 속의 그 황홀한 이글거림이 바로 팔월의 색이 아닐까.

오월이 요염한 여인의 계절이라면 팔월은 육중한 근육질을 가진 남성적인 계절이다. 꽃과 나무는 팔월에 왕성한 생육을 하여 가지를 키우고 열매를 부풀린다. 지붕 위의 보름박도 제 모양대로 부풀고 고구마도 땅이 갈라지도록 살이 찐다. 이제 여름의 막바지요, 위대한 계절도 역사 속으로 스러질 때가 되었다. 그 화려한 성하의 계절은 가을에게 자리를 물려주어야 한다. 이듬해 다시 여름을 맞이하겠지만 지금의 팔월은 아닐 테니 남은 여름이 무덥고 지루하기보다 초조하고 두렵기만 하다.

같은 여름이라 해도 칠월과 팔월은 많은 차이가 있다. 칠월 무더위 앞에서는 아무리 후덕한 사람이라 해도 짜증을 내게 마련이다. 그러나 팔월의 공기는 뜨거우면서도 건조하다. 건조한 공기가 살갗을 태울지라도 끈적끈적한 땀이 베적삼을 적시지 않아서 좋다. 일을 마치고 돗자리에 누워 쳐다보는 하늘의 은하수가 맑고 가깝게 보이는 때이기도 하다.

농부가 들에 나간 사이 고독한 정적만이 빈 집을 지키고, 이따금 먼 곳으로부터 개짖는 소리가 들리는 오후. 집배원의 오토바이가 마을을 흔들어 놓고 떠난 쪽마루에는 도회로 나간 아들의 편지가 혼자 집을 지킨다. 이어 마당가의 오동나무 그림자가 길어지면 불타듯 이글거리던 태양도 슬그머니 꼬리를 내린다. 서산에 노을이 붉게 물들 때쯤 농부는 지게에 풀섶을 한 짐 지고 돌아오는데 그 뒤로 아낙이 점심 소쿠리를 이고 따른다. 그들의 뺨이 노을만큼이나 곱게 물들었다. 건전한 노동 뒤에 오는 나른한 피곤과 성취감이 이들을 행복하게 해 주기에 오늘도 노부부는 흙을 떠나지 못한다.

팔월이라고 어찌 뜨거운 정열만 있으랴. 서산을 붉게 물들이는 노을도 어느덧 스러지고 나면 농부네는 마당에 모깃불을 피우고 늦은 저녁을 먹는다. 이런 날이면 오이냉국이 더욱 싱그러운 맛으로 느껴지게 마련이다. 약오른 풋고추의 독한 맛이 또 한번 콧잔등의 땀을 씻게 한다. 조선고추의 매운 맛이 바로 여름의 맛이 아니겠는가. 모처럼 상추쌈에 곁들인 간고등어의 살점이 입맛을 당기게 했는지 어느새 식곤증이 오는가. 마당의 들마루는 식탁이 자 침대가 된다. 멀리서 들리는 소쩍새 소리며, 호박넝쿨 사이에 서 우는 베짱이 소리가 팔월의 밤을 살아있는 소리로 채운다.

팔월의 태양은 젊고 패기에 넘친다. 일에 지친 도회인을 산과 바다로 부르는 때도 팔월이다. 그래서 조용하던 두메산골은 낯선 사람들의 부끄러운 옷차림으로 북적이고 바닷가 모래밭은 사람, 사람들로 콩나물시루가 된다. 그들이 남긴 쓰레기는 몽땅 지역 주민들의 몫이다.

팔월은 여름의 종착점이자 가을의 시발점이다. 담쟁이나 붉나 무가 물들어가는 자연현상을 통해 여름이면서 동시에 가을을 느 낀다. 우리의 마음도 이때부터 누군가 어서 가라고 뒤에서 떠미 는 것 같은 느낌을 받는다. 이미 가을의 문턱에 다가가 있다는 뜻 이다.

우리 겨레에게 있어서 팔월은 커다란 감격의 달이다. 어려운 일 제강점기를 보내고 해방이라는 감격에 목이 터져라 조국광복을 외쳤을 선조들을 생각하면 뜨거운 기운이 솟는다. 그래서 누군가 여름을 위대한 계절이라 했고, 정열의 계절이며 활력과 감격의 계 절이라 했는지 모른다.

팔월은 물의 계절이다. 잔잔한 수면 위로 나는 왕잠자리의 비 행도 일정한 고도를 유지할 뿐 변화가 없다. 호수에서 한가로이 여유를 낚는 강태공도 찌를 앞에 두고 졸고만 있다. 몸을 숙이면 연잎 사이로 불어오는 바람이 더위를 씻어준다.

시골 아이들은 너나없이 하동이 되는 때이기도 하다. 입술이 새파랗게 질리도록 찬물에서 놀던 아이들이 그도 싫증나면 물고기를 잡아 버드나무 가지에 꿰어 집으로 돌아온다. 과수원 울타리를 지날 때는 늘어진 가지에서 익어가는 올사과를 따 한 입에 베어 문다. 새콤한 가을의 풋맛을 도시인이 어찌 알겠는가. 옛날에는 먹을 것이 귀했던지 사과 서리라는 것이 있었지만 지금은 지키는 사람도 없고 한 알 따 먹는다고 해서 나무랄 사람도 없는 시대가 되었다. 농촌의 인심이 좋아졌는지, 아니면 먹을 것이 풍부해서인지 시골 아이들도 사과는 물론 잘 익은 홍시도 먹지 않는다.

수확의 계절이 다가오고 있다. 이제부터 내 마음의 곳간을 채우는 일에 나서야겠다.

향수를 담아내는 시각언어

　수화樹話 김환기金煥基. 그는 한국에서 명문 미술대학 학장으로, 화가로 생활이 보장된 행운아였다. 그러나 현실에 안주할 수 없었던 그는 모든 것을 뿌리치고 홀로 파리로 갔다. 동양의 가난한 화가가 낯선 서양인들 틈에서 고독과 경제적 고통의 나날을 감수하면서 작업을 하기에는 너무 힘들었다.

　예술의 도시 파리는 이방인을 따뜻하게 대해 주지 않았다. 끼니를 걱정하면서 캔버스와 씨름하기를 몇 해인가. 그는 지칠 대로 지친 몸이었지만 화폭 앞에 다가서면 정신이 더욱 또렷해지는 것이었다. 드디어 유럽 화단에서 인정을 받고 다시 뉴욕으로, 그리고 브라질의 상파울로로 작업 무대를 옮긴다. 비로소 완성된 작가의 지위를 확보했다고 인정받았을 때 그는 우리 곁에서 사라졌다. 천재성이 빛날 때쯤 작품도 완성단계에 들어섰다. 세계 문화사에 이름을 남긴 몇 안 되는 한국화가였다고 할 수 있다.

수화 김환기의 예술세계로 들어가기 위해서는 몇 단계의 작업 시기를 이해할 필요가 있다. 먼저 파리로 떠나기 전의 국내 시기와 파리시대, 그리고 뉴욕시대로 나눌 수 있다.

김환기 예술은 우리의 백자로부터 출발한다. 한없이 넓고 한없이 크고 끝을 모르게 이어진 저 백자 중의 달항아리, 월호月壺라 부르는 백자를 상당히 좋아했던 수화. 그는 백자에 마음을 빼앗겨 1950년대부터 많은 종류를 수집한 콜렉터이다. 그가 세상을 떠나자 수집한 백자와 청자 등 고미술품은 국립중앙박물관에 기증되었다.

수화는 당시 박물관 학예실장이었던 최순우崔淳雨 선생과 두터운 교분을 갖고 있었다. 수화가 후에 중앙박물관장이 된 최순우 선생과 가까이 지냈다는 것은 그만큼 백자에 대한 애정이 남달랐고 우리 문화의 우수성을 깊이 있게 연구했다는 것을 말한다. 수화는 최순우 선생을 통해 한국 도자기의 미적 세계를 깊이 탐닉할 수 있었던 것이다.

수화는 여러 편의 백자에 관한 글을 남겼다. 그가 얼마나 백자의 미적 세계를 침잠해 들어갔는지는 그의 글을 통해서도 알 수 있다. 수화는 〈편편상〉이란 글에서 "사실 나는 단원이나 혜원에게서 배운 것이 없다. 나는 조형과 미와 만족을 우리 도자기에서 배웠다. 그러니까 내가 그리는 것은 모두가 도자기에서 오는 것들이다. 빛깔 또한 그러하다. 저 푸른 그릇을 보라. 저 흰 그릇을 보라. 저 둥근 항아리를 보라. 굽히지도 않고 금 하나 없이 죽 빠진 우리 자기를 본다는 것은 희한한 일이다."

수화는 수많은 백자와 청자를 앞에 놓고 일반인이 볼 수 없었던 형과 색을 찾는 일에 매달렸다. "나의 미에 대한 개안은 우리 항아리에서 비롯되었소."라고 말한 것만 보아도 수화 자신이 얼마나 백자에 집착했는지 알 수 있다. 그래서 수화는 도자기와 함께 눈을 뜨고 도자기를 해체하여 화면에 재구성하는 작업을 계속했다. 1953년부터 56년 파리로 갈 때까지의 서울시대는 도자기 시대라고 할 수 있다.

이후 몇 차례의 귀국 전과 파리에서의 작품활동을 파리시대(1958~1963년)라 구분 짓는다. 서울시대를 수화예술의 탐색기라고 한다면 파리시대는 성숙기라 할 수 있다. 이방인으로 겪게 되는 고독함이라던가. 표현에 대한 불만을 고향의 산천을 생각하며 달래곤 했다. 자연을 중요한 모티브로 생각하면서 인간에 대한 그리움을 화면에 쏟아낸 것이 바로 무제 시리즈이다. 푸른색이 칠해진 넓은 공간에 검은색 면이 차지하고 그 사이로 흰색 또는 검은색 굵은 선이 지나간다. 그 선들은 때로는 교차하기도 하고 가로로 중첩돼 칠하기도 한다. 저 고구려 고분 벽화 속의 수렵도를 연상시키는 산천을 펼쳐 보인다. 눈을 감으면 환히 보이는 조국의 산하와 동산에 떠오르는 둥근 보름달, 그리고 나목과 그 사이를 나는 새를 화폭이라는 무대에 올린다. 어두운 하늘과 구름과 달, 바위와 물을 통해 민화 속의 십장생도十長生圖를 보는 것 같다. 수화는 이러한 자연의 모티브를 통해 향수를 달래곤 했다.

수화가 프랑스에서 돌아와 서울에서 귀국전을 열 때였다. 많은 사람들이 관심을 갖고 전시장을 찾았다. 작품이 어떻게 변했을 까, 기대를 안고 찾아간 관람객들은 크게 변하지 않은 수화의 작 품들을 둘러보고 어떤 이는 실망을 했고, 또 어떤 이는 "그래 과 연 수화 선생이야." 라며 긍정적인 평가를 내리기도 했다.

그의 조국애가 녹아있는 화폭은 표현양식만 조금 바뀌어 있었 을 뿐 서울에 있을 때와 크게 다르지 않았던 것이다. "불란서 물 만 마시고 와도 그림이 확 바뀌는데 수화의 작품에서는 조선의 사상을 그대로 지키고 있다는 것을 강하게 느꼈다."는 어느 비평 가의 말에 수화는 빙그레 웃으면서 "사실 불란서에서 개인전을 갖기 전까지는 그곳 작가들의 그림에 물들까 봐 전람회 구경도 안 다니고 자신을 지키기 위해 애썼다."고 했다. 수화는 그런 사 람이었다.

1967년 이후 파리에서 뉴욕으로 옮긴 뒤부터 자연에 대한 갈구 가 더욱 심화된다. 〈어디서 무엇이 되어 다시 만나랴〉 같은 작품 또한 자연에 대한 사랑이며 향수로 목이 멘 수화가 인간에 대한 그리움을 표현한 것이다. 고향 하늘에 반짝이는 별들과 무한한 우주 속의 사람, 인정을 노래한 서정시이다.

뉴욕 시대는 자연을 해체하는 작업이 반복된다. 자유분방한 면 분할을 통해 뜻도 모를 부호를 쏟아놓는가 하면 무중력 상태 로 떠 있는 색채. 점이라고 하기에는 너무 정제되지 않은 색채들이 나란히 또는 흩어져 있다. 평론가들은 뉴욕시대를 추상시대로 부른다. 뉴욕에서 그린 작품이 일체의 형체에서 벗어나 완전한 자유를 구가하기 때문이다. 이때부터 수화는 자연을 노래하는 음유시인처럼 변해갔다.

수화는 당시의 일기에서 이렇게 말했다. "눈을 감으면 환히 보이는 무지개보다 더 선명한 우리의 강산"이라고 했다. 그리고 오랜 투병생활 속에서도 고향의 하늘과 별과 달, 바람과 물을 생각했다. 그는 "서울을 생각하며, 오만가지를 생각하며 찍어 가는 점"을 화폭 위에 무수히 쏟아놓았다. 그가 그린 선은 끝없이 이어진 고향의 논둑길인가 하면 지평선 멀리 사라지는 철로였다. 수화는 "내가 찍은 점 저 밤하늘에 빛나는 별만큼이나 했을까." 하고 스스로 물어 보기도 했다.

뉴욕시대의 중반 수화의 작품은 일대 혁명적이라 할 만큼 변화를 나타낸다. 파리시대만 해도 소중하게 간직하고 있던 자연에 대한 조형적 모티브를 과감하게 벗어 던지고 화면은 평면과 점의 분할로 채우게 된다. 뉴욕시대는 과거와의 완전한 절연이며 그동안 추구하고 쌓아왔던 기존의 모든 것들을 내팽개치는 작업이었다. 자신이 갖고 있던 사상이나 명성, 대중에게 알려진 모든 이미지까지도 과감하게 버리고 새로 시작했다. 그것은 대단한 용기이며 모험이기도 했다. 수화가 자신의 글에서도 말했듯 "뉴욕에서는 모든 것을 잃어버리는 철저한 노력"을 계속했다.

국내외 평론가들은 뉴욕시대를 수화예술의 완성기라고 말한다. 화면을 단순한 면으로 분할하고 동일한 면과 색채의 반복을 통해 무한한 질량감을 느끼게 한다. 벽돌 조각 같은 작은 면과 그 속에 원색의 점들이 끝없이 반복되면서 리듬을 이루고, 크게는 푸른 색조의 통일된 공간을 형성한다. 그 규칙들은 정형된 기하학적 면분할은 아니다. 크게 보면 그 속에도 리듬이 있고 움직임 속에 자유가 있다. 뉴욕이라는 날카로운 메커니즘의 횡포 속에서도 순진하게 자신을 지킨 수화는 현대에 살면서 오히려 원시의 자연을 갈구했는지 모른다. 세계 최대의 과학문명이 결집된 뉴욕이라는 공간 속에서 수화는 서정이라는 한국에서 갖고 간 씨앗을 하나씩 화폭에 심어나갔다.

밤이 없는 뉴욕, 수화는 허름한 시멘트 공간 속에서 고독을 되씹으며 내면에 품고 있던 향수를 화폭에 담았다. 그가 찍어나간 점들은 우주의 별자리인 동시에 모든 인류의 마음에 새긴 그들만의 별자리인 셈이다. 수화는 사람들의 마음속에서 잊어버린 신화 속의 별자리를 찾아주기로 했다. 그의 작업은 서정성을 바탕으로 한 사랑이기에 더욱 값지다.

말년에 수화는 끝없이 반복되는 점들을 통해 자신의 고독을 잊으려 했다. 그 점을 찍어 가는 작업에서 무한의 세계로 열려진 시각 언어를 빚어냈다. 그 언어는 망향의 성좌가 되어 현대 문명에 길들여진 뉴욕맨에게 원시의 자연에 대해 눈뜨게 했다. 그가 외치는 시각언어는 서구인의 마음에 그대로 투영되어 메아리쳐 갔다.

그가 남미에서와 마찬가지로 다시 뉴욕에서의 작업 중에서도 회색과 청색을 즐겨 쓴 것은 고향의 하늘빛이 그리워서였는지 모른다. 수화는 서울에서 그토록 빠져들었던 백자와 청자의 그 오묘한 빛깔에서 벗어나지 못했던 것일까.

수화는 추상미술의 본고장에서 작품을 했으면서도 시류에 물들지 않고 끝까지 서정성을 고집했다. 그가 이룩한 업적은 현대 미술사의 한 획을 그을만하다. 수화야말로 이 시대를 살면서 진정 몸과 마음을 다해 죽는 날까지 자신의 사상을 시각언어로 절규한 작가이다.

경술문장 해동제일 經術文章海東第一

추사秋史 김정희金正喜는 시·서·화에 두루 능통했던 우리 역사상 가장 위대한 예술가였다. 유불선 사상에 심취했던 선비요, 차를 지극히 좋아했던 감성적인 문인이었다. 그는 19세기 우리 문화를 중국에 소개했고 청의 문화계를 이끌었던 옹방강翁方綱, 완원阮元 같은 대학자들과 경론을 벌였던 조선의 선비였다.

추사는 불의를 보고 그냥 넘기지 못하는 강직한 성품으로 당시 반대 세력의 모함을 받을 수밖에 없었다. 제주도 유배시절 4년째인 그의 나이 59세 때 그린 〈세한도歲寒圖〉에는 강직한 그의 성품이 잘 나타나 있다. 국보 제180호로 지정된 〈세한도〉야말로 추사의 대표작이라 할 만하다. 잣나무 두세 그루, 늙은 소나무 줄기는 휘어지고 꼭대기는 고사목으로 남아있건만 세찬 바람에 맞서는 고고함을 잃지 않았다. 간결하고 군더더기 하나 없는 이 그림을 두고 후인들은 탄핵과 유배를 거듭해 온 파란만장한 그의 삶이 잘 나타나 있는 걸작이라고 입을 모은다.

　추사는 금석학金石學의 대가였다. 그는 수많은 고비古碑를 탁본하고 판독하여 역사를 복원하는 데 이바지했다. 그의 학문적 성장기를 보면 실학파의 박제가朴齊家에게서 가장 큰 영향을 받은 것 같다. 그리고 신위申緯, 강세황姜世晃, 이광사李匡師 같은 학자들과 교류하면서 학문적 영역을 넓혀 나갔다.

　추사가 학문적으로 도약하는 결정적 계기라면 순조 9년(1809) 10월 생부 김노경金魯敬이 동지겸사은부사冬至兼謝恩副使가 되어 연행할 때 자제군관으로 수행하면서부터이다. 연경에서 해를 넘긴 1810년 1월 태화쌍비지관泰華雙碑之館으로 저명한 석학 예대藝臺 완원阮元을 찾아갔다. 추사의 나이 24세이고 예대는 47세였다. 두 사람은 첫눈에 서로의 사람됨을 알아보고 사제의 의義를 맺었다. 그 자리에서 예대는 자신의 저서《경적찬고經籍纂詁》106권 75책,《연경실집燕京室集》,《십삼경주소교감기十三經注疏校勘記》245권, 태화지비泰華之碑 탁본 등을 추사에게 주었다. 추사는 감사하는 마음으로 완원의 성을 따 호를 완당阮堂이라 하고 스승으로 모셨다.

　며칠 뒤에는 이임송李林松의 소개로 당시 중국 최고의 석학인 78세의 담계覃溪 옹방강翁方綱을 만났다. 추사는 담계로부터 그의 호를 딴 보담제寶覃齋라는 당호를 얻었다. 담계는 금석문과 서책 8만 권이 소장돼 있는 석묵서루石墨書樓로 추사를 안내했다. 그 자

리에서 담계는 추사에게 〈경술문장해동제일經術文章海東第一〉이
라는 휘호를 써 주었다. 추사는 이 자리에서 충격을 받았다. 수많
은 서책들과 중국 각지에서 탁본한 금석문이 산더미처럼 쌓여 있
는 것을 보고 놀라지 않을 수 없었다.

추사는 벼루에 먹이 마르지 않을 정도로 끊임없이 정진을 계속
했다. 그는 벼루 10개를 구멍 내고 붓 1000개를 닳아 없앤 노력파
였다. 팔도를 누비며 옛 비석을 찾고 선현들의 묵적을 탁본하여
조선금석학의 기초를 정립했다. 추사를 조선 제일의 금석학 대가
로 치는 것도 결코 우연이 아니다. 추사가 북한산의 신라진흥왕
순수비新羅眞興王巡狩碑를 발견한 일이나 팔도에 숨어있는 고비를
하나하나 찾아내 역사적 사실을 밝힌 일도 중요하다. 이를 계기
로 본격적인 조선 금석학의 이론을 체계화하기에 이른다.

추사체의 특징은 가로와 세로획이 때로는 가늘고 빠르다가 어
떤 때는 굵고 거칠며 자유분방하다. 천천히 그리고 힘차게 내리
긋는가 하면 나는 제비처럼 공간을 휘젓고 다닌다. 힘차고 날렵
한가 하면 우둔하고 순박하다. 한 장의 종이 위에는 시간과 공간
을 자유롭게 움직인 기운의 흔적이 남아 있다.

추사의 서법세계를 어떻게 말로 표현할 수 있으랴. 굵은 통나
무를 부러트린 것 같은 우직스러운 세로획이 있는가하면 새털처
럼 가볍고 날렵한 가로획이 부드럽게 공중을 난다. 추사체에서
우리는 태산준령을 넘는 거대한 자연에 위축되기도 하고 때로는
굽이굽이 감돌아 흐르는 시냇물을 만나기도 한다. 그 냇물 위에

뗏목을 띄우고 조용히 흐르는 물에 몸을 맡기기도 한다. 추사의 글씨를 통해 울부짖는 용마의 절규를 듣는가 하면 아름다운 꾀꼬리 날갯짓도 들을 수 있다. 인류 역사에서 수많은 서예가들이 등장했지만 우리의 추사만큼 독특하고 아무도 흉내 낼 수 없는 서법예술을 완성한 작가는 드물다. 추사의 예술혼은 150년이 지난 오늘처럼 앞으로도 영원히 꺼지지 않는 횃불로 남을 것이다.

[연보]

- 중앙대 예술대 졸.
- 1997년 《隨筆公苑》 여름호 〈새벽을 여는 소리〉로 추천완료.

  한국수필문학진흥회 이사.

  한국문인협회 저작권옹호위원.

  한국문인협회 종로지부회장.

  월간 《문학청춘》, 《중구문학》 신인상 심사위원.

  중구문화원 문화센터 강사.

  마포구 평생학습센터 인문학 강사.

  현대수필문학상 수상.

  환경부장관 표창.

- 지은 책으로는 《솔잎차를 마시며》, 《꽃이 있는 삶》 상하, 《가정원예대백과》 전10권, 《서울나무도감》, 《사람보다 아름다운 꽃 이야기》, 《살아 숨쉬는 식물교과서》, 《한국의 차그림》, 《서울의 나무 이야기를 새기다》 외

연락처 : 서울 종로구 돈화문로 10길 23 (봉익동) 곡천빌딩 306호

생명의나무 ⑴⑴⓪-③⑨⓪

사 02-766-1686, 766-8595 팩스 02-766-8594

휴 010-6216-1686

E-mail - moolpool@empas.com

현대수필가 100인선 **Ⅱ-8** 오병훈 수필선

초록빛 찾기

초판 인쇄 2015년 3월 15일
초판 발행 2015년 3월 21일

지은이 오병훈
펴낸이 서정환
펴낸곳 수필과비평사·좋은수필사
주소 서울시 종로구 삼일대로 32길 36(익선동 30-6 운현신화타워 빌딩) 305호
전화 (02) 3675-5635, (063) 275-4000·0484 팩스 (063) 274-3131
이메일 sina321@hanmail.net essay321@hanmail.net
출판등록 제 300-2013-133호
인쇄·제본 신아출판사

저작권자 ⓒ 2015, 오병훈
이 책의 저작권은 저자에게 있습니다 서면에 의한 저자의 허락없이 내용의
일부를 인용하거나 발췌하는 것을 금합니다

저자와 협의, 인지는 생략합니다
잘못된 책은 바꿔 드립니다

ISBN 979-11-85796-60-4 04810
ISBN 979-11-85796-15-4 (전100권)

값 7,000원

이 도서의 국립중앙도서관 출판시도서목록(CIP)은 서지정보유통지원시스템 홈
페이지(http://seojinlgo.kr)와 국가자료공동목록시스템(http://www.nl.go.kr/kolisnet)에
서 이용하실 수 있습니다(CIP제어번호: 2015009002)

Printed in KOREA